KEITAI
SHOUSETSU
BUNKO
野いちご SINCE 2009

ご主人様は、専属メイドとの
甘い時間をご所望です。
～独占欲強めな御曹司からの、
深すぎる愛情が止まりません～

みゅーな＊＊

JN019362

◎ STARTS
スターツ出版株式会社

イラスト/Off

バイトの帰り道
偶然ひとりの男の子を助けたら。

「なるよね、俺の専属メイドに」

なぜかメイドに指名されて
一緒に住むことになっちゃいました。

碧咲悠

×

杠葉瑠璃乃

「こんな近くに可愛い瑠璃乃がいてさ……
我慢なんかできるわけないよね」

「瑠璃乃は俺にだけ甘えてくれたらいいんだよ」

「運命の番だからとかそういうのぜんぶ抜きにしても
——俺は瑠璃乃の魅力に惹かれてるよ」

優しくて甘すぎるご主人様に
異常なくらい愛されすぎて困ってます。

~独占欲強めな御曹司からの、深すぎる愛情が止まりません~

ご主人様は、専属メイドとの甘い時間をご所望です。

登場人物

みさき はるか
碧咲 悠

高校3年生の御曹司で、天彩学園のアルファクラスに通う。勉強も運動もできる完璧男子。マイペースでクールだが、瑠璃乃にだけは特別に優しく、いつも甘やかしている。

ゆずりは るりの
杠葉 瑠璃乃

バイトをしながらひとり暮らしをしている頑張り屋の高校3年生。悠と出会い専属メイドとして同居することに。たまに抜けているところがあり、悠に過保護にされている。

玖華 楓都
(くげ ふうと)

天彩学園に通う高校1年生。悠とは昔から家柄同士の付き合いがある。瑠璃乃にひとめ惚れし、グイグイ迫る。

玖華 美楓
(くげ みふう)

楓都の双子の妹で、天彩学園の生徒。純粋で一途な性格をしており、ずっと悠のことが好き。

汐音 茜子
(しおね あこ)

瑠璃乃のクラスメイト。天彩学園に転校してきたばかりの瑠璃乃に話しかけ、仲良くなる。明るくて面倒見のいい性格。

天彩学園とは…
(あまいろ)

超エリートのアルファクラスと、一般クラスを持つ男女共学の名門校。特別なメイド制度を導入しており、アルファクラスの生徒は一般クラスの生徒をメイドに指名することができる。ふたりの間には主従関係が成立するが、メイドとなる生徒は生活費や学費をご主人様に払ってもらえる上、お給料も出る。ご主人様とメイドは、遺伝子相性100%である"運命の番"であることも多い。

"運命の番"とは？
(つがい)

遺伝子相性が100%の運命の相手。お互いに接触すると発情してしまう。

contents

第 1 章

誘拐かと思えば運命の出会い？

「お疲れさまでした！　お先に失礼します！」

「瑠璃乃ちゃん今日もお疲れさまね。また明日もよろしくね〜」

「はいっ！　明日も頑張ります！」

　わたし杠葉瑠璃乃は、今ちょうどパン屋のバイトが終わったところ。

　バイト三昧な春休みが明けたら高校3年生になる。

「あっ、そうだ瑠璃乃ちゃん。これよかったら持って帰りなよ。余りものばかりでごめんね〜」

「わぁ、いつもありがとうございます！　とってもうれしいです！」

　今バイトしてるパン屋の店長さんがいい人だから、お店が終わったあと余ったパンをわけてもらえる。

　もらったパンはその日の晩ごはんにしたり、翌日の朝ごはんにしたり。

　ちなみに明日は午前中はパン屋のバイトで、お昼から夕方にかけてコンビニでバイト。

　春休み中はほとんど毎日シフトを入れてもらってるから、休んでる暇などないのだ。

　ちなみに、どうしてわたしがこんなにバイトをしてるのかというと。

「瑠璃乃ちゃんのご両親は当分日本に帰ってこないの？」

「そうなんです。なかなか帰ってこられないみたいで」

「そうか～。瑠璃乃ちゃんはえらいね。高校生なのに自分で生計を立ててひとり暮らしまでして。僕の娘にも見習わせたいくらいだよ～」

「そんなそんな！　わたしは今この生活が楽しいので！」

　お父さんもお母さんもとても忙しい人だから、家に……というか日本にほとんどいない。

　両親は困ってる人を放っておけない性格で、生活が苦しい人や子どもを助けるために海外にいることが多い。

　世界の貧しい人たちを救う支援団体に入って、お父さんもお母さんも微力ながら力になりたいって、海外を飛び回ってる。

　わたしは学業があるので、日本に残ることを選んだけど。

　お父さんもお母さんも自分たちのことはそっちのけで、貧しい人たちを救うために日々奮闘してる。

　そういう活動をしてるのは娘としても誇らしいから、両親にはこれからも続けてほしいなぁって思う。

　それに両親は、日本に残っているわたしが寂しい思いをしないように、ほぼ毎日電話をくれたりもする。

　世界を少しでも良くしたいと頑張っている両親を見て、わたしも自立しようと思ってバイトも始めた。

　毎月欠かさず送られてくる両親からの仕送りには、何かあったときのために手をつけないようにしてる。

　今ではバイトを掛け持ちしてるおかげで、ひとりでなんとか生計を立てられるまでになった。

　当時家族で住んでいた一戸建ての家も引き払って、少しでも家賃の安いアパートに引っ越した。

　——と、こんな感じの理由があって、わたしはバイト三昧な毎日を送ってるわけです。

　周りの友達からは、両親が家にいなくて大変じゃない？って聞かれるけど。

　身体を動かすことが好きだし、ひとりでも平気だから今こうしてバイトを掛け持ちして自分で生計を立てるのも苦じゃない。

　けっして楽な生活じゃないけど、今すごく充実してるから、このまま平穏な毎日が続けばいいなぁ。

　バイト先からアパートまで徒歩で30分以上はかかる。

　帰りにスーパーでも寄って帰ろうかなぁ。

　今日の晩ごはんのメニューを考えながら、呑気に歩いていると。

「だから俺は嫌だって言ってるのになぁ。みんな全然聞いてくれないねー」

　1本外れた道のところから何やら男の子の声がする。

「ちょっとは俺の話を聞いてくれてもいいんじゃない？それとも父さんから圧かかってるから、俺の話に耳を傾ける気もないってことだ？」

　何か揉めてる感じかな。

　少し気になってチラッと覗いてみると。

「好きでもない相手と見合いさせられる俺の身にもなってほしいよね」

「お父様が今回こそは参加していただくようにと、きつく
おっしゃっておりました」

　黒服を着た３人の男の人が、わたしと同い年くらいの
スーツを着た男の子を無理やり車に乗せようとしてる。

「このやり取り何回すれば気がすむのかなぁ。俺はずっと
断ってるのに父さんもしつこいねー」

「お父様は悠様の将来を心配して──」

「俺の将来というより会社の将来が心配なんでしょ？　俺
を早く結婚させて優秀な後継ぎが欲しいんだもんねー」

「それは……」

「それにさ、運命の番が見つからないからって勝手に結婚
相手を決められるとかどーなってんの」

「申し訳ございませんが、今回は何がなんでも悠様をお連
れしますので」

　えっ、これってもしかして誘拐なんじゃ。

　だって男の子すごく嫌がってるし、無理やり車に連れ込
まれそうだし。

「はぁ……俺の意志は無視ってことね。まあ、昔からこん
な感じだから慣れてるけどさ」

　これは声をかけて助けてあげるべきかな……！

　のちのち大きな事件とかに発展したら大変だし！

「あ、あの！」

　声をかけると、いっせいにわたしに視線が集まる。

「誘拐とかよくないと思います！　その人も嫌がってるみ
たいですし、放してあげてください！」

　みんな目をまん丸にして、びっくりした様子でわたしを見てる。

「いえ……これは誘拐ではなく、説得をしているのですが」

　ひとりの黒服の人がそう言うと、他の黒服の人たちもうなずいてる。

「で、でも無理やり車に乗せようとしてますよね！　説得がうまくいっていないから、その人が抵抗してるんじゃないですか！」

「部外者のあなたが入ってくるお話ではないかと思うのですが」

「それはそうですけど。じゃあ、その人の意見をちゃんと聞いてあげてください。無理やりはよくないと思います！」

「ですから、わたくしたちは何度も説得をして──」

　まだ黒服の人が話してる途中なのに……急に右手をパッと取られて。

　びっくりした拍子に後ろを振り返ると……。

「ふっ……面白い救世主きちゃったなぁ」

　男の子がすごく愉しそうに笑いながら、そのままわたしの手を引いて走り出しちゃった。

「悠様！」

　後ろから黒服の人たちの焦った声が聞こえたけど、そんなのぜんぶ無視。

　えっ、これじゃわたしが誘拐犯になっちゃうんじゃ!?

　なんて焦ってる間に、追手からうまく逃げて路地裏へ。

「ここまで来れば大丈夫かなぁ」

　壁に背中をピタッとつけられて、男の子のネクタイが視界に映ってる。

　少し狭い路地裏に入ったせいで、お互いの距離がすごく近い。

「えっと、これはどういう状況でしょうか」

「ん？　キミが俺を連れ出してくれたんでしょ？」

　これはわたしが連れ出されてるんじゃ？

「責任取ってもらわないとなぁ。俺いまこうしてキミと逃げてきちゃったから、もう後戻りできないしさ」

「えぇ！　それは大変なので今すぐ戻りましょう！」

「えー、無理。俺は見合いなんてしたくないし」

　あらためて男の子の顔を見ると、完璧すぎてびっくり。

　さらっとした明るい髪に、顔のパーツどこを見ても欠点がない。

　あとは、耳元にキラッと光るエメラルドのような宝石のピアスが似合ってる。

　それに笑った顔がすごく優しそう。

　でも、その笑顔がなんだかあまり自然に見えなくて。

「どうして無理に笑ってるんですか？」

「……え？　俺は別に無理してないよ？」

「あっ、ごめんなさい……！　なんだか気を使って笑顔を作ってるように見えてしまって」

　はっ……失礼すぎたかな。

「ふっ……困ったなぁ。初対面なのにどうして俺のぜんぶ見抜いちゃうの？」

「え、あっ、えっと……」

「こんなこと言われたのキミがはじめて」

「す、すみません！　失礼なこと言ってしまって！」

「俺の笑顔そんな作り物っぽいかなぁ。こうやってテキトーに笑ってたら、みんな騙されてくれるのにさ。ますますキミに興味が湧いちゃうなぁ」

　さっきから心臓がちょっとおかしな動きをしてる。

　なんだろう……いつもよりドキドキしてる感じが強い？

　緊張してるときのドキドキとはまた違う……何かに激しく反応してる。

　それに、男の子の瞳に強く惹きつけられて、身動きが取れなくなるのはどうして？

「まずはお互いを知るのが大切だよね。俺は碧咲悠。よかったら名前教えて」

「ゆ、杠葉瑠璃乃です」

「瑠璃乃かぁ。名前もとびきり可愛いねー」

　クスッと笑って、わたしの両頬を大きな手で包み込んだ。

「俺のことは悠って呼んでね」

　触れられたところが、ちょっとだけ熱い。

　さっきからわたしの身体どうしちゃったのかな。

　こんなに近くで男の子に触れられたことがないから、慣れてないだけ……？

「そうだ、いいこと思いついた」

「……？」

「よかったら俺と駆け落ちしない？」

「は、はい?」

　なんかとんでもないお誘いを受けてるような。

　駆け落ちって、男女が恋に落ちてふたりで逃げちゃうあの駆け落ちのこと?

「今はいって言ったね?」

「ちょっと待ってください!　話が飛びすぎです!」

　たった今出会ったばかりなのに。

「そう?　それにさ、俺気づいちゃったんだよねー」

　さっきよりもグッと近づいて、悠くんの吐息が唇にかかる距離。

「俺のことしっかり見て」

「……?」

　澄んだ瞳にとらえられて、まるで何かに惹きつけられるように……身体の内側が少し熱い。

　心臓がドクッと激しく音を立てて、全身に響いてる。

「俺に触れられて何も感じない?」

「心臓がいつもよりちょっとドキドキしてます」

「身体熱いでしょ?」

「す、少しだけ。今日は春のポカポカ陽気だから、ですかね」

　悠くんはちょっと驚いた顔をして、すぐにフッとやわらかく笑いながら。

「そっかぁ、俺だけか。こんなわかりやすく発情してんの」

　スッとわたしの手を取って、そのまま悠くんの胸元に持っていかれて。

　悠くんの心臓の音がドクドク鳴ってる。

　それに、シャツ越しだけど身体が熱いのがわかる。

「あのっ、大丈夫ですか？　心臓の音すごい──」

「瑠璃乃のせいだよ……責任取って」

　さっきよりもずっと、悠くんの瞳が熱っぽい。

　少し余裕がなさそうに、色っぽく片方の口角をあげて笑ってる。

「今あんま抑えきかないからさ」

　しっかり締められたネクタイを片手でゆるめながら、危険な笑みを浮かべて。

「されるがままになってよ……瑠璃乃」

　柑橘系の甘い匂いが鼻をかすめたと同時に……唇にキスが落ちてきた。

「んっ……」

　ピタッと唇に触れてるやわらかい感触。

　グッと押しつけられた瞬間、身体の熱が一気にブワッとあがってきた。

「あー……やば。きもちよくて止まんないかも」

「んんっ……まっ……」

　角度を変えて、さっきよりも強引に唇を塞がれて。

　甘くジワリと攻められて……ちょっとずつ頭がふわふわしてくる。

「こんなきもちいいキス知らないね……たまんない」

　息がちょっと苦しくなって、思わず悠くんのスーツをクシャッとつかむと。

「少し口あけてごらん」

「はぁ……ぅ……っ」

　ほんの少し唇が離れて……でもお互いの吐息がかかるく
らい近いのは変わらない。

「そんなとろけた顔して。瑠璃乃も発情しちゃった？」

「ふぇ……？」

　なぜか息が苦しいのが治(おさ)まらない。

　心臓も激しくドクドク鳴って、呼吸がちょっとずつ荒(あら)く
なってる。

「このまま俺がキスしなかったら、瑠璃乃の身体はずっと
熱いままだね」

　キスが止まって、ほんとならこれ以上は求めちゃいけな
いはずなのに。

「熱いのやだ？」

　素直にコクッとうなずくと。

　悠くんはイジワルそうに笑いながら。

「瑠璃乃の身体もきもちよくしてあげるから……どこがい
いか教えて」

「ひゃっ……んんっ」

　鎖骨(さこつ)のあたりに触れられて、その手が服の中に入り込ん
でこようとしてる。

　ほんとならもっと抵抗できるはずなのに。

　頭の芯(しん)がジンッと痺(しび)れて溶(と)けちゃいそうで……何も考え
られない……っ。

「瑠璃乃の肌(はだ)やわらかい」

「やっ……まって、ください……っ」

「どうして？　おねだりしたのは瑠璃乃でしょ」

　空いてる片方の手で、頬を撫でたり耳たぶに優しく触れてきたり。

　触れられるたびに身体がゾクゾクして、ビクッと反応しちゃう。

　何か強い衝動が身体の内側から湧き出てきて、自制がきかないのはどうして……？

「触れるのやめていいんだ？」

「へ……」

「こんな敏感になってるのに」

「っ……ぅ……」

　腰のあたりがピリッとして、脚に力が入らない。

　膝から崩れそうになっても、悠くんがわたしの腰に手を回してさらに抱き寄せてくる。

「キスしてほしくて仕方ないんだ？　俺もね、瑠璃乃が感じてるところ見たら全然抑えきかないよ」

「やっ、ちが……っ」

「ほら、瑠璃乃の可愛い唇ちょうだいよ」

「ん……ぅ」

　今よりもっと強い刺激が欲しいって、自分の中の本能が求めて止まんない。

　色っぽくて艶っぽい……それに熱も混ざってさらに引き込まれてしまう。

「身体熱くて苦しいでしょ？」

「っ……」

　ずっとこのもどかしさから解放されない。

「まだ発情が治まってないんだね」

「はつ……じょう……？」

「俺しか抑えてあげられないからさ……もう少しキスしてようね」

　さっきよりも深くて甘いキスに身体が反応して……たまっていた熱がパッとはじけた。

「はぁ……ぅ……っ」

「……っと、ふらついちゃうほどきもちよかった？」

　耳元でささやかれる声にも、ちょっとだけ身体が反応しちゃう。

　少しの間、悠くんの腕（うで）の中で呼吸を整えてると。

「身体は素直だね。俺を求めてる瑠璃乃すごく可愛かったなぁ」

「わ、わたしの身体どこかおかしいんでしょうか」

「どうして？」

「さっきすごく熱くて。でも急に熱がぜんぶ分散（ぶんさん）したみたいな感覚になって」

　キスだってはじめてだったのに。

　拒（こば）めなかったなんて、わたしの身体どうしちゃったんだろう。

「それは瑠璃乃が俺に発情して、俺がキスで抑えてあげたからじゃない？」

　さっきから発情って言葉を聞くけど。

　そもそも発情してるってどういうこと？

「ってかさ、瑠璃乃は運命の番って知らない?」

「あまりわからないです」

　前にチラッと電車の広告で、それを題材にしたドラマがやるって予告は見たけど。

　自分には無縁そうだからあまり興味がなくて。

「結構有名な話で、運命の番と出会うことに憧れてる子って多いのにねー」

「す、すみません。そういったことには疎くて」

「いろんなメディアで目にしたり聞いたことない?」

「少しは知ってるんですけど、あまり深くは知らなくて」

「んじゃ、落ち着ける場所で説明させてよ。これからのことも話したいしさ」

「これからのことって何かあるんですか?」

「俺と瑠璃乃は離れられない運命ってことがわかったから、もう結婚するしかないよねって話」

「は、はい!?　け、結婚ですか!?」

「見合い断って逃げてきたから、俺は帰るところなくなったし。瑠璃乃が俺の運命の番みたいだから一緒にいるしかないよね、結婚するしかないよね?」

「さっきから話が飛びすぎですよ!　それにわたしたちが本当に運命の番かなんてわからないんじゃ……」

「わかるよ。だって瑠璃乃と目が合った瞬間に、身体が本能的に瑠璃乃を欲して発情したから」

　不意をついて、またさらっと唇にキスが落ちてきた。

「うっ……さっきからキスしすぎですっ!」

「瑠璃乃が可愛すぎるのが悪いんでしょ。瑠璃乃の可愛さは罪だねー」

　いくら悠くんが運命の番だからって、初対面の男の子にこんな簡単にキスを許しちゃうのはダメな気がする。

　それに、気づいたらなんでか結婚まで話が進んでしまってるし。

「もしさ、瑠璃乃が俺との結婚を拒否するなら俺は好きでもない相手と結婚させられちゃうんだよ？」

「わたしも悠くんにとっては好きじゃない相手になるんじゃ」

「ううん、たった今好きになった。瑠璃乃ってひとめ惚れしたことない？」

「ないですね」

「俺は今したの。こんなに誰かを欲しいって思ったのは瑠璃乃がはじめて。だから俺のものになってよ」

　グイグイ迫られて、断れない状況になってきちゃったような。

「そ、それは急すぎます……！」

「うん、俺も戸惑ってるよ。瑠璃乃に強く惹かれてる自分に」

　またキスできそうな距離まで詰めてきて、真っすぐ見つめてくる。

「これからゆっくり瑠璃乃のこと知っていきたいし、俺のことも知ってほしい。だから、俺と一緒にいることを選んでよ瑠璃乃」

　うっ……初対面なのにすごいこと言われちゃってる。

　でも、悠くん困ってるみたいだし。

　もしわたしがここで断っちゃったら、好きでもない相手と結婚させられちゃうかもしれないわけだし。

　でもでも、わたしだって今日出会ったばかりなのにいきなり結婚とか言われても困っちゃうし。

「まずは友達からでもいいから。……それでもダメ？」

　自分の中でいろんなものが葛藤してる。

　そのときふと、昔からお父さんとお母さんに言われていたことを思い出した。

　困ってる人がいたら必ず手を差し伸べなさいって。

　これは助けてあげる……べき？

「わ、わかりました！　友達からなら……！　少しずつ悠くんのこと知っていけるように努力します！」

「じゃあ、しばらく瑠璃乃の家に泊めてよ。俺帰るところないし」

　　　　　　＊　＊　＊

　──というわけで、言われるがまま悠くんを連れてアパートへ帰ってきた。

　今さらながら、知り合ったばかりの男の子を部屋にあげるのはよくないんじゃ……と反省中。

「古くて狭い部屋ですみませんっ」

　そもそもわたしが借りてる部屋はひとりで住むくらいがちょうどいい広さだから、悠くんが泊まるってなるとだい

ぶ狭いかもしれない。

「いや全然平気。ここに家族と住んでるの？」

「いえっ。わたしひとりで住んでます！」

「ご両親は？」

「父も母もずっと海外にいるんです。たまに日本に帰って
くるんですけど」

「え、待って。じゃあ、瑠璃乃はずっとここでひとりで暮
らしてたの？」

「そうですねっ」

「それは危なすぎるでしょ。セキュリティーなんもないし、
誰か部屋に入り込んできたらどうするの」

「大丈夫ですよ？　ご近所さんも優しいおばあちゃんとお
じいちゃんばかりですし」

「いや、ほんとに危なすぎ。瑠璃乃はもっと危機感持った
ほうがいいよ」

「そうでしょうか？　あっ、でも防犯対策はしっかりして
ますよ！」

　　毎日欠かさず戸締りのチェックはしてるし！

「こんな可愛い瑠璃乃をひとりにしておくとか心配しかな
いんだけど」

「ひとりはもう慣れたので平気です！」

「これからは俺が瑠璃乃を守るから。俺にはなんでもわが
まま言ってね」

「守ってもらわなくても大丈夫です！　わたしこう見えて
強いですよ！」

「んじゃ、俺の手ふりほどけるの？」

　悠くんが片手であっさりわたしの両手をつかんだ。

「うっ、悠くん強いですね」

「瑠璃乃は女の子なんだから。男の俺には力じゃかなわないんだよ」

　にこにこ笑って穏やかな表情なのに、力は強くてちょっと抵抗したくらいじゃびくともしない。

「あの、それでさっき話してた運命の番って」

「あぁ、そういえば詳しく話すって言ったもんねー」

　クスッと笑いながら、わたしの手をキュッとつないで。

「運命の番っていうのはさ、遺伝子の相性が100%でぜったいに本能的に抗えない相手のことだよ」

　今、運命の番って呼ばれるものはテレビや雑誌、いろんなメディアで話題になっているみたい。

「だけど、運命の番に出会う確率は極端に低いらしいんだよねー。だから俺もはじめて聞いたときは都市伝説だろうなぁって思うくらいでさ」

　ほとんどの人は運命の番に会えないまま一生を終えるらしく、その奇跡的な出来事に憧れる人も多いみたい。

「たったひとりと本能で惹かれ合うのが運命的だって話題になってるんだよねー。しかも出会った瞬間に相手が運命の番かどうかわかるんだって」

「どうしてわかるんですか？」

「番同士は接触したら発情するんだよ。お互いが欲しくてたまらなくなって、理性なんかあてにならないくらい相手

を求めちゃうんだって」

　あまり現実味のない話だけれど。

　さっき悠くんと見つめ合っただけで、身体がじっとしていられなくて何か強い衝動に駆られていたのはそれが原因ってこと?

「その発情を抑えられるのは番のキスだけ。だから俺が発情したら瑠璃乃のキスじゃないと治まらないんだよ」

「そ、そうなんですね」

「瑠璃乃が発情しちゃった場合も、俺のキスじゃないと治まらないからね」

　つないでる手を少しゆるめて、指を絡めるようにギュッと握って。

　覗き込むようにわたしを見て、チュッと軽くキスをしてきた。

「え、あっ……え?　い、今のはなんですか?」

「ん?　瑠璃乃が可愛いなぁと思ったから」

「えぇ……っ」

「いいじゃん、俺と瑠璃乃は結婚するんだし」

「だ、だから結婚の話はまだ——って……悠くんお見合いはいいんですか?」

　いろんなことが起こりすぎて、今さら感あるけれど。

「あー、あんなのどうでもいいよ。18歳になるまでに運命の番が見つからなかったら、強制的に見合いして結婚相手を決めるとか父さんが勝手に言ってるだけだし」

　付け加えて「もう俺は瑠璃乃に出会ったから、父さんに

とやかく言われる筋合いないしね」って。

「俺の両親は仕事の関係上、海外にいることが多くてさ。俺のことなんて興味ないんだよねー」

「どうして悠くんのお父さんは運命の番にこだわるんですか？」

「番同士が結ばれた場合、その間には優秀な子孫が残せるらしいからねー。俺の父さんは会社を経営してるから優秀な後継ぎが欲しいんじゃない？」

「じゃあ、悠くんも将来はお父さんの会社を継ぐんですか？」

「そうだねー。俺が継ぎたくなくても、もう決まってるから。そのために小さい頃からいろいろ教育されてきたし」

　わたしは悠くんが育ってきた世界のことは、あまりわからないけれど。

「決められたレールに沿った人生なんてつまんないよねー。周りからの期待は異常に大きいし、俺の家柄を妬んでいろいろ言ってくるやつもいるしさ」

　少し呆れたように軽く笑ってる様子を見たら、何か言葉をかけてあげないとって。

　何か諦めてるような、自分の意志を伝えずにかき消そうとしてるように見えてしまったから。

「そ、そうでしょうか。それだけお父様が悠くんを大切にしてるってことじゃないですか？　それに、将来のために今までたくさん頑張ってきた悠くんはとってもえらいです！」

　さっきつながれた手を、今度はわたしがギュッと握り返して。

「それにつまらない人生なんてないですよ！　悠くんが今まで学んできたことは、いつか将来ぜったい役に立つと思います！」

「…………」

「あっ、ごめんなさい！　なんだか上から言ってるみたいになっちゃいましたね……！」

　出会ったばかりのわたしに何がわかるんだって思われちゃうかな。

　でも、悠くん自身が自分の考えを押し殺して否定するのは違うかなって思うから。

「……やっぱり俺の目に狂いはなかった」

「え……？」

「瑠璃乃みたいな子にもっと早く出会いたかったなぁ」

　握っていた手をグイッと引かれて、あっという間に悠くんの腕の中へ。

「瑠璃乃は俺の心に真っすぐ入り込んでくるね」

　悠くんの声が少しうれしそう。

「誰も俺の思ってることなんか気づこうともしないのに。瑠璃乃はやっぱり他の人とは違うね」

　さっきよりも抱きしめる力を強くして。

　でも、すごく優しくギュッてしてくれて。

「ところでさ、瑠璃乃のご両親はどうして海外にいるの？　仕事の都合とか？」

「ボランティア活動の一環として、海外で困ってる人たちを支援するために現地に行ってる感じです」

「瑠璃乃はひとりで日本に残ってるの？」

「はいっ。自分の力で生活をしたいので毎日バイト三昧です！」

「えっ、待って。瑠璃乃バイトしてるの？」

「今はパン屋とコンビニでバイトしてます！」

「ほんと待って……。こんな可愛い瑠璃乃がバイトする世界が存在するの信じられないんだけど」

「バイトしないと家賃も払えないですし、生活もできなくなっちゃうので」

「瑠璃乃は不満に思ったり寂しかったりしないの？」

「うーん、あんまり思わないですかね。父と母がたまに現地の子どもたちとの写真を送ってくれるんですけど、みんな笑顔で楽しそうなので。両親もこの笑顔を守るために頑張ってるんだなぁって思うと、わたしが寂しいなんて思っちゃいけないなって！　ひとり暮らしも慣れました！」

「なんで瑠璃乃こんないい子なの。俺いままで瑠璃乃みたいな心が綺麗で真っすぐな子に出会ったことない」

「……？」

「もう俺のメイドになるしかないよね」

　　メイドっていったいどういうこと……？

「バイトは辞めて俺のメイドにならない？　そうすればお給料も渡せるし、俺はずっと瑠璃乃と一緒にいられるから一石二鳥だと思うんだけど」

「そ、そんな急に言われても……！　わたしが突然辞めて
しまったら、バイト先に迷惑がかかっちゃいます……」

「でも、ふたつ掛け持ちはだいぶ無理してない？　顔色も
少し悪いし、学業との両立に限界感じてるんじゃない？」

　たしかに春休みに入る前、学校で眠すぎて授業が頭に
入ってこなかった。

　疲れがたまってるように見えるのか、バイト先の人にも
心配されてるし……。

　ほんとはもう少し仕事量を減らしたほうがいいのか悩ん
でたんだ。

　でも、こんな甘い話に簡単に乗っちゃってもいいのか
な……。

「メ、メイドって具体的にどんな仕事をするんですか？」

「俺専属のお世話係ってところかなぁ。四六時中そばにい
てもらうことがメインの仕事になるね」

「そんなにずっとそばにいるんですか！」

「もちろん。住み込みで俺と同じ部屋で生活してもらうか
らねー」

「え……!?」

　住み込みという言葉を聞いて、思わずビクッと反応して
しまう。

　じつは最近、電力会社の価格が跳ね上がって、光熱費の
支払いができるかどうかの瀬戸際だったのだ。

　でもでも、だからといってこんないきなり会ったばかり
の人と一緒に住むなんて……！

「瑠璃乃は何を迷ってるの？」

「うっ……」

「ここセキュリティーもなさすぎるし、何かあってからじゃ遅いよ？　ご両親には俺からちゃんと説明しておくし、俺と一緒に住んでたほうがご両親も安心だと思うよ？」

「うぅっ……」

「まあとりあえず、しばらく瑠璃乃の家に置いてよ。俺今は帰るところないし」

　そう言いながら、悠くんはわたしの肩を引き寄せて、グッと顔を近づけてきた。

「なるよね、俺の専属メイドに」

　こんな話、簡単に受けちゃっていいのでしょうか？

いきなり同居（仮）スタート。

「いやー、瑠璃乃ちゃんほんとにうち辞めちゃうの？」

「急なことで本当にすみません……！」

「でもたしかに掛け持ちで随分（ずいぶん）無理してそうだったからねぇ……」

　翌日、悠くんと一緒にバイト先へ。

　結局、悠くんに押し切られて、バイトを辞めて悠くんの専属のメイドになることに。

　本来ならバイトを辞める1ヶ月前までに話をしなきゃいけないのに、悠くんがそんなに待てないって。

　だからかなり急だけど、辞めたいということを店長さんに伝えにきたのだ。

「じつは瑠璃乃、俺と結婚することが決まったんですよ」

「結婚って瑠璃乃ちゃんはまだ高校生じゃないか！」

「まあ、そうなんですけど。俺と結婚するのはもう決まったも同然なので」

「ち、違うんです！　結婚はまだしないです！」

　悠くんってば、話を大きくするようなこと言わないって約束したのに。

「瑠璃乃ちゃんほど仕事のできる子がすぐ見つけられるか不安だけど……こればかりは仕方ないね」

　ほら、やっぱり店長さん困ってる。

　せめて新しい人が見つかって、仕事に慣れてからのほう

がいいんじゃ。

「瑠璃乃が辞めて人手が足りないようだったら、俺がどうにかしますから」

　そんなすぐに解決できちゃうものなのかな。

　不安になって悠くんをじっと見ると「俺の父親の会社が人材派遣会社とつながりあるから、すぐに紹介してもらえるよ」って。

　悠くんの権力すごすぎます。

＊　＊　＊

　こうして無事ふたつのバイト先に辞める挨拶がすんだ。

　わたしが言葉に詰まると悠くんが助けてくれて、とくに揉めることなくあっさり話が進んだ。

「なんだか信じられないです」

「俺の奥さんになることが？」

「そうじゃないです！　毎日バイトばかりの生活を送っていたので、それがぜんぶなくなるんだなぁと」

　これからわたしバイトなしで生活やっていけるのかなぁ。

　いちおう悠くんがメイドとして雇ってくれるみたいだけれど。

「瑠璃乃は今日から俺専属のメイドとして働くんだから」

「なんだかあまり実感がないです」

「まあ、俺としては可愛い瑠璃乃がそばにいてくれるだけ

で充分なんだけどねー」

　なんでも悠くんは、通ってる学園の寮で生活をしている
らしく。

　今は春休み中で、実家のお屋敷に戻る手続きをしてるか
ら寮に帰れるのは春休みが終わる頃。

　ちなみに悠くんも、わたしと同じで春休みが明けたら高
校３年生になる。

＊　＊　＊

　バイト先からふたりでアパートに帰ってきた。

　もう夕方の５時を過ぎてるので、晩ごはんの準備をしな
いと。

　帰りに寄ったお店で手に入れた食材を冷蔵庫にしまって
ると。

「ねー、瑠璃乃。これあげる」

「っ!?　こ、これどうしたんですか!?」

「さっきのお店で買ったんだよねー」

　悠くんがくれたのは、真っ白のフリフリの可愛らしいエ
プロン。

「こんな可愛いのわたしにはもったいないです！」

「なんで？　エプロンも可愛い瑠璃乃につけてもらえたら
よろこぶでしょ？」

「それはないです！　むしろ悲しんでるかもです！」

「はいはい、つけてあげるからこっちおいで」

「きゃ……っ、ぅ」

　真っ正面からギュッてされて、腰のあたりと首の後ろに
あるリボンを悠くんが結んでくれた。

「うっ……わたしには可愛すぎます」

「うん、瑠璃乃が可愛すぎるね」

　結局このまま晩ごはんの支度を始めることに。

「そんなくっつかれちゃうと料理ができないです」

「俺のことは気にしなくていいよー」

「そう言われても気になるんです！」

　背後から悠くんがベッタリ抱きついてくるせいで、身動
きが取れなくて料理が進みません。

「こういうのいいなぁ。もうすぐ瑠璃乃と結婚したらこん
な生活になるのかぁ」

「まだ結婚しませんよ!?」

「毎日可愛い瑠璃乃に料理作ってもらえるなんて幸せだよ
ねー」

「わたしの声聞こえてますか!?」

「んー、聞こえないなぁ」

　わたしの首筋を指先でなぞりながら、軽く吸い付くよう
に首にやわらかい感触が押しつけられる。

「く、首のとこ噛んじゃダメです……っ」

「だって瑠璃乃から甘い匂いするし」

「ぅ……だからって……」

「俺我慢するの苦手なんだよねー」

「ひぁ……っ」

「いい声出たね。ここ噛まれるの好きなんだ？」

　悠くんのやわらかい唇が肌に触れると、くすぐったくて身体がじっとしていられない。

「もっとさ……瑠璃乃の身体に甘いことしたら俺を求めてくれる？」

「もう、これ以上はしちゃダメ……です」

　首だけくるっと後ろに向けて、ぷくっと頬を膨らませて悠くんを見ると。

「何それ可愛すぎ……」

「……んっ」

　さらっと唇を奪われて、少し触れたらゆっくり離れて。

　おでこをコツンとくっつけられて。

「もっとしよ瑠璃乃」

「ダメ……ですよ」

「そんな可愛い顔されたら、ダメって言われてもしたくなるのわかる？」

「ぅ……わたし晩ごはんの準備してるので、悠くんはお風呂入ってきてください……っ」

　迫ってくる悠くんの身体を控えめに押し返すと。

「このまま瑠璃乃も連れて行こうかなぁ」

「きゃ……っ」

　わたしを抱っこしてお風呂に連れて行こうとしてる。

「俺さ、片時も瑠璃乃から離れたくないんだよね。できることなら四六時中ずっと瑠璃乃のこと愛してたい」

「あ、愛して……!?」

「うん。もう好きを超えて愛してるよ」

「きゅ、急すぎです！」

　まだ昨日出会ったばかりなのに！

「あーあ。お風呂やだなぁ。瑠璃乃から離れなきゃいけないし」

「少しの間だけですよ！」

「１分くらいで出てこようかなぁ」

「ちゃんと温まってください！」

「じゃあ、お風呂から出たら髪乾かしてね」

　お風呂に入ってもらうだけでひと苦労です。

　なんとか悠くんがお風呂に行ってくれて、晩ごはんの支度を再開したんだけれど。

「あっ、バスタオル渡すの忘れてた！」

　もう悠くんはお風呂に入ってるかな。

　慌ててバスタオルを持って脱衣所の扉を開けた。

「あれ、覗きに来たの？」

「へ……!?　う、うわっ、ごごごめんなさい……！」

　上を脱ぎかけてる悠くんが視界に飛び込んできた。

　タイミングが悪すぎてしまった……！

「バスタオル届けに来ただけなので！　す、すぐにここから出ます……！」

　近くの棚にバスタオルを置いて、脱衣所を出ようとしたら。

　背後にフッと悠くんの気配がして。

「るーりの。待ってよ、逃げないで」

「ふへ……っ」

　くるっと振り返ると。

「わわっ、なななんで服脱いじゃったんですか！」

「えー。だってせっかく瑠璃乃が覗きに来てくれたから」

　上半身裸の悠くんが扉にトンッと手をついて、逃がさないよって瞳で見てる。

「こ、これは不可抗力です……！」

「可愛いなぁ。これくらいで顔真っ赤にしちゃうんだ？」

「うぅ……」

　目のやり場にすごく困るし、どこに視点を合わせたらいいの……？

　首をキョロキョロ動かして、なるべく悠くんを見ないようにしてるのに。

「もっと可愛い瑠璃乃見せて」

　クスクス愉しそうに笑いながら、わたしの顎をクイッとあげて。

　しっかり目線が絡んで、頭がパンクしちゃいそう。

「瑠璃乃を見てると可愛いしか出てこないね。もはや可愛いって言葉は瑠璃乃のために存在するのかなぁ」

「も、もう離してください……！　心臓がおかしくなっちゃいそう、です……っ」

「それって俺にドキドキしてるの？」

「お、男の人の裸は見慣れてなくて……っ！　わたしには刺激が強すぎます……！」

　両手で顔を覆ったら、悠くんがそれを阻止するように手

をつかんできた。

「はぁ……瑠璃乃の反応が可愛すぎる……」

　どうしよう、悠くんが全然止まってくれない……！

　わたしの心臓も限界を超えそうで、バクバク鳴って全身に響いてる。

「も、もう止まってください……！」

「無理……熱くなってきた」

「へ……っ？」

　悠くんの瞳が、どんどん熱を持ち始めていて。

　近くで触れる叶鳥がちょっと荒い。

「……わかる？　俺が発情してるの」

「ぅ……」

「こんな近くに可愛い瑠璃乃がいてさ……我慢なんかできるわけないよね」

「ひぁ……っ」

　首筋に強く吸い付いて、チュッとリップ音を残して。

　しっかり目が合った瞬間。

「俺のこときもちよくして」

「ん……んっ」

　唇が重なって、身体にピリッと甘い刺激。

　ただ触れてるだけのキスだったのに。

「はぁ……瑠璃乃の唇甘すぎて溺そう」

「……んぅ……っ」

　少し唇を動かして、何度もチュッと吸い付くようなキスをして。

「キスしたら発情治まるはずなのにさ」

「んっ……」

「キスがきもちよすぎて全然足りない」

　ずっと唇を塞がれたままで苦しいのに。

　頭がふわふわして何も考えられなくなっちゃう。

　ぜんぶ悠くんにされるがまま。

　それにさっきよりも身体の内側が熱くて、じっとできなくなってきた。

「瑠璃乃も熱い?」

「ぅ……わかんな……ひゃっ」

「身体はきもちよさそうだけどね」

　首筋や鎖骨のあたりを指先で撫でられて、キスまで一緒にされちゃうと身体に力が入らない。

「もっと深いのしよっか」

「も、もうこれ以上は……っ」

「瑠璃乃の身体はこんなに欲しがってるのに?」

「ん……っ、やっ……」

　さらに与えられる刺激が強くなって。

　身体にある熱がグーンッとあがって、同時にもどかしさもつのってくる。

「俺も瑠璃乃が欲しくてたまんないからさ」

「ぅ……ぁ」

「瑠璃乃の甘い熱……俺にたくさんちょうだい」

　さっきよりも深いキスと、甘い刺激にぜんぶ反応して。

　熱がパッとはじけた瞬間……目の前が真っ白になって。

　へなへなっと膝から崩れそうになると、悠くんが支えて
くれた。
「力抜けちゃうほどきもちよかった？」
「う……っ」
「もうこのまま一緒にお風呂入ろっか？」
「は、入りません！」
　悠くんと一緒にいると心臓がひとつじゃ足りません。

＊　＊　＊

　そしてやっと寝る時間。
　悠くんがお風呂から出てきたら髪を乾かしてほしいって
甘えてきて、そのあともずっとわたしにベッタリ。
　今も隣の布団で寝てる悠くんがゴソゴソ動いてる。
「ねー、瑠璃乃。寒いからもっと俺のそばにおいでよ」
「ずっとお布団に入ってたら暖かいですよ！」
「瑠璃乃がそばにいないと俺凍え死んじゃうなぁ」
　なんて言いながら、わたしの布団の中に入ってこようと
してるではないですか。
「やっぱ布団はひとつで充分だよねー」
「そんなことないですよ！　悠くんはちゃんと自分のお布
団で寝てください！」
「それは瑠璃乃のお願い？」
「そうです！」
「じゃあ、俺のお願いもひとつ聞いてよ」

　電気を消して薄暗い中でも、悠くんの顔がかなり至近距離にあって。

「朝起きたときと夜寝るときはキスしよ」

「そ、そんなにするんですか」

「むしろ足りないんだけどなぁ」

　手をギュッと握られて、じっと見つめられて。

　うっ……この目をされると何も言えなくなっちゃう。

「これ俺との約束ね？」

「そんなにしたら唇腫れないですか？」

「ふっ……それくらいじゃ腫れないよ。それか腫れちゃうくらいまでしてみる？」

「し、しなくて大丈夫です！」

　今にも悠くんがキスしてきちゃいそう。

「ってか、世の中の運命の番として出会った人たちはみんなしてるらしいよ？」

「そ、それほんとですか？」

「まあ細かいことはどーでもいいじゃん」

　なんかちょっと誤魔化されちゃったような。

「瑠璃乃がどうしても嫌っていうならしない」

　悠くんのおねだりするときの顔は、とっても甘い。

「俺のわがまま聞いてほしいなぁ」

　こんな甘えられたら断れなくなっちゃう。

　でも、悠くんとは出会ったばかりで、簡単に触れたりキスしたりしちゃダメな気もする。

　それに悠くんの距離感ってちょっとおかしい。

　すごくグイグイ攻めてきて、常にわたしの近くにいるような。

　これくらい普通なのかな。

「あんまりしすぎるのはダメ、ですよ？」

「うん。瑠璃乃が可愛いと思ったときにしかしない」

「え、え？」

「おやすみ、瑠璃乃」

「っ……！」

　チュッと落ちてきたキスにドキドキして、今夜眠れる気がしません。

メイドとして契約成立。

　悠くんがわたしのアパートで暮らし始めてから、早くも2週間ほどが過ぎた。

　今日から悠くんが学園内の寮に戻れるので、ここを出ていくことになったんだけれど。

「ほんとにわたしも悠くんがいる寮に住むんですか？」

「だって瑠璃乃は俺のメイドになってくれるんでしょ？」

　そもそも悠くんは学園内の寮にいるわけだから、部外者のわたしが入るのは許されないんじゃ。

　それを悠くんに聞いてみると。

「あー、それなら心配いらないよ。瑠璃乃の転入手続きはしておいたから」

「えっ!?　学校まで変わるんですか!?」

「あれ、俺言ってなかったっけ？」

「聞いてないですよ！　そんな重大なことどうして言ってくれなかったんですかっ！」

　悠くん専属のメイドになるために、一緒に住むっていうのは聞いてたけど。

　まさか学校まで変わるなんて。

　でも、せっかくメイドとして雇われてお給料ももらえるわけだし、仕方ないのかな。

　バイト三昧で友達もそんなに作れなかったし、意外と心残りはないかも。

「じゃあ、今伝えたってことで」

「急すぎます！」

「んじゃ、瑠璃乃の荷物ぜんぶ運び出そうねー」

　――こうして流れのまま、荷物をまとめてアパートを出ることになってしまった。

　すでに迎えの車が用意されていて、車に揺られること30分ほど。

「こ、ここ学校なんですか!?」

「そーだよ。無駄に敷地が広いんだよねー」

　大きな門をくぐると、真っ白の外装をした校舎がいくつかあって、とても綺麗な状態に保たれてる。

　なかにはガラス張りの校舎もあったり。

　校舎なのかわからないけど、ドラマに出てきそうなお屋敷みたいな建物もいくつかあるし。

　こんなに広かったら学園の中で迷子になっちゃいそう。

　わたし方向音痴だから気をつけないと！

「あとで瑠璃乃のスマホに学園内の地図のデータ送っておくから。まあ、何かあれば俺に聞いてね」

　これだけじゃなくて、さらにびっくりしたのが。

「ここが俺専用の寮だから」

「この建物ぜんぶですか!?」

　わたしの想像してた寮と全然違う！

　寮といえば、ひとつの大きな建物の中に部屋がたくさんあって、その中に何人かが一緒に住んでるイメージだったけれど。

　もはやこれは寮というより、お屋敷と呼んでもいいレベルなんじゃ。

　お金持ちの世界って、こんなに違うんだなぁ。

「ふっ、そんな驚く？」

「す、すごすぎてなにがなんだか……」

　びっくりして口が開いたままでいると。

　悠くんがにこっと笑いながら、わたしの顔を覗き込むように見て。

「っ……！」

　軽く触れるだけのキスが唇に落ちてきた。

「可愛いからしちゃった」

「誰か見てたらどうするんですか！」

「誰も見てないよ。可愛い瑠璃乃は俺しか見ること許されないしねー」

　こうしてアパートから持ってきたわたしの荷物がぜんぶ運び込まれた。

　寮の中もすごく綺麗で、部屋がいくつもある。

　これぜんぶ悠くんのためだけに用意されてるなんて、すごすぎないかな。

　だって、全生徒に用意されてるわけじゃないだろうし。

　悠くんは学園の中でも特別な生徒なのかな。

　寮の中のいちばん奥が、悠くんが普段生活してる部屋みたい。

　中に入ると、この部屋だけでもはや生活できちゃいそうなくらい広くて。

　キッチンまでついてるし、学園内の寮のレベルを遥かに超えてる。

　部屋の中をグルグル見てると、悠くんが何やら手招きをしてる。

「瑠璃乃、こっちおいで」

「なんですか？」

　座ってるソファを手でポンポンしてるから、ここに座ってほしいのかな。

　控えめにちょこんと座ると。

「きゃっ……」

「これから瑠璃乃がこうして俺の手の届く範囲にいるなんて幸せだねー」

　悠くんが後ろからガバッと抱きついてきてびっくり。

「片時も離すつもりないし、他のやつなんか近づけたくもないからさ」

　首に何か冷たい金属のようなものが触れて、カチッと音がした。

「これがこの学園で俺と瑠璃乃の間で主従関係が成り立ってる証になるものだから」

　これってチョーカー？

　真ん中に埋められたエメラルドのような緑の宝石。

「この宝石って悠くんのピアスと同じものですか？」

「よくわかったね。俺と同じエメラルド」

「これはずっとしてなきゃいけないんですか？」

「もちろん。ってか、そう簡単には外れないよ？　俺じゃ

ないと外せない仕組みになってるし」

　なんだか悠くんと出会ってから驚くことばかり。

　お金持ちのキラキラした世界についていけるかな。

「あとさ、俺から瑠璃乃にプレゼント用意したから」

　今いる部屋の少し奥に、小部屋みたいなのがあって。

　そこの扉を開けると、またしてもびっくりな光景が。

「え、えっ!?　これはなんですか!?」

「さっき言ったじゃん。瑠璃乃へのプレゼントだって」

　部屋を埋め尽くしそうなくらい、洋服や靴、バッグやアクセサリーがたくさん。

「ま、待ってください！　こんなにいただけないです！」

「どうして？　気に入るものなかった？」

「そういうわけじゃなくて！　わたしはＴシャツさえあればなんとか生きていけます！」

「わー、たしかに瑠璃乃のＴシャツ姿とかエロくてたまんないだろうなぁ」

「へっ!?」

　悠くんはいったいどんなＴシャツを想像してるの!?

「とにかくこれは俺が瑠璃乃にしてあげたくて用意したものだから」

「うっ、でもこんなにたくさん……」

「これでも少なめにしたんだけどねー」

「えっ!?　悠くんの基準おかしいですよ！」

「だってぜんぶ瑠璃乃に似合いそうだなぁって」

「こんなに可愛いの似合わないですよ。お洋服たちが可哀

想です」

「それは俺が判断するから、どれか好きなやつに着替えておいで」

「たくさんありすぎて選べないです」

「んじゃ、この３着で瑠璃乃が気に入ったやつ着てよ」

　悠くんがささっとハンガーにかけられた洋服たちを手に取って渡してきたので、とりあえず着替えることに。

　……なったのはいいんだけれど。

「ど、どれも可愛すぎてわたしにはもったいない……」

　白をベースにした胸元のリボンが白と赤のチェック柄のワンピースと、白の丸襟のブラウン系のワンピース。

　あとは真っ白のブラウスに、淡いブルーのツイード柄のスカート。

　いったんぜんぶ着てみたけど、どれもびっくりするくらいサイズがぴったり。

　ただ、スカートやワンピースはどれもちょっと丈が短いような。

　気のせいかな。

「瑠璃乃？　着替え終わった？」

　扉１枚越しに悠くんの声がする。

「あわわっ、まだです！　どれも可愛すぎて着られないです！」

「じゃあ、白のワンピース着てよ。早くしないと俺が着替えさせちゃうよ？」

「ま、待ってください！　すぐに着ます！」

　悠くんのことだから、ぐずぐずしてると着替え中とか関係なしに入ってきちゃいそう。

　言われた通りワンピースを着て、悠くんが待ってる部屋に戻ると。

「どうしたの？　早く中に入っておいで」

　なかなか部屋の中に入れなくて、扉から中を覗き込むように顔だけひょこっと出してる。

「うっ……やっぱり今すぐ着替えたいです！」

「ダメでしょ。俺がまだ見てないのに」

　悠くんが痺れを切らして、こっちにきちゃってる。

　慌てて逃げようとしたけど、もう遅くて。

「ま、まっ……ぅ」

　わたしをじっと見て、悠くんがピシッと固まった。

　その直後。

「はぁぁぁ……」

　ものすごい深いため息が。

　似合ってなくて呆れてるんじゃ。

　だから着るの嫌だって言ったのに。

「うぅ……やっぱり似合ってないのですぐに着替えを──」

「あぁ、待って。ほんとに可愛すぎる」

「へ……？」

「こんな白が似合う子って瑠璃乃しかいないよね？　一瞬天使がいるかと思った」

「て、天使!?」

「洋服が瑠璃乃の可愛さに負けてるよ」

「そんなことないです！」

「ほらおいで。そんな可愛い姿、他のやつに見られたらどうするの？」

「ここ悠くんだけの寮なので他の人はいないんじゃ……」

「ってか、俺の前以外では着ちゃダメだよねー。こんなの全人類みんな瑠璃乃の虜になっちゃうよ」

　あれ、あれれ。わたしの声聞こえてない？

　グイグイわたしの手を引いて部屋の中へ。

「すぐに抱きしめたいけど、まだ瑠璃乃のこと見たいしどうしたらいいかなぁ」

　にこにこ笑いながら、わたしの頬に触れて唇の真横にキスをしてきたり。

「可愛い瑠璃乃のために用意した甲斐があったなぁ」

「あの、どれも着てみたんですけど、ぜんぶサイズがぴったりで」

「そりゃそうだよね。瑠璃乃の身体に合わせてぜんぶ作らせたものだし」

　えっ!?　今ものすごいことをさらっと言われたような。

「でも、採寸とかしてないのに……」

「抱きしめたらわかるでしょ？」

「きゃっ……」

　ギュウッて抱きしめてきて、悠くんの手がお腹や腰のあたりを撫でながら。

「こうやってお腹とか腰のラインに触れると、だいたいわかるよね」

「う……っ」

「それにさ、毎晩抱きしめてるんだから瑠璃乃の身体のことなら俺なんでも知ってるよ？」

「い、今の発言はちょっと問題あります！」

「胸のところはまだ触れないから残念だねー」

「なっ、ぅ……」

　悠くんはたまにちょっと暴走したことを言うから困っちゃう。

「もういっそのこと可愛い瑠璃乃を俺以外の男の瞳に映さないように閉じ込めちゃおうかなぁ」

「冗談でもそんなこと言っちゃダメですよ！」

「えー、冗談？　めちゃくちゃ本気なんだけどねー」

　あわわっ、どうしよう。

　悠くんの危険なスイッチが入っちゃったような。

「ほら……こんな簡単に瑠璃乃の肌に触れちゃうね」

「やっ、まっ……」

「俺の前でこんな可愛い姿見せた瑠璃乃が悪いんだよ？」

「だって、悠くんが着てほしいって……」

「瑠璃乃は何を着ても可愛いから困ったね」

　クスッと笑いながら、身体をピタッとくっつけてくる。

「俺こんな状況で我慢できないなぁ」

「っ……？」

「瑠璃乃に触れたくてたまんないの」

　悠くんの瞳がすごく熱をもってる。

　片方の口角をあげて笑ってる表情が、いつもよりずっと

色っぽくて。

「俺が発情したのを抑えるのも瑠璃乃の役目だよね」

「っ、ん……」

　唇が触れた瞬間、ドキッと心臓が激しく跳ねて。

　身体に電気が走ったような感覚。

「はぁ……いっかいだけじゃ足りない……もっと」

　キスが甘くて溶けちゃいそう。

　ゆっくり優しくまんべんなくして。

　ずっと唇を塞がれたままだと、息をするタイミングがわからなくなってきちゃう。

「あー……瑠璃乃の唇甘くてどんだけしても足りないね」

「……ぅ、ん」

「それにさ番同士のキスは、誰とするキスよりも極上にきもちいいんだって」

　クラクラして悠くんが言ってることが、あんまり頭に入ってこない。

「瑠璃乃もきもちよくて限界？」

「もう、苦しくて……っ」

「んじゃ、少し離してあげる」

　ちょっとの間キスが止まったけど。

　悠くんが近くにいるのは変わらない。

　唇がほんのわずか離れてるだけで、お互いの息がかかるくらい近い。

「口あけてんのエロいね……めちゃくちゃ興奮する」

「ふぇ……んんっ」

　悠くんが我慢できないって、また唇を塞いでくるから。

　キスばっかりで、わたしのキャパはすでに限界を超えてるのに。

「ひゃぁ……ダメです、そんなところ……っ」

「敏感な瑠璃乃も可愛い」

　太ももの内側のところを指で軽く触れて。

「ここ……やわらかくていいね」

「っ……やぁ」

「……可愛い。感じてるの？」

　さらに奥に攻めてくる手を止めようとしても、キスのせいで力がうまく入らない。

　悠くんは余裕そうで……でも、瞳が熱っぽいのはさっきと変わらず。

「あと……俺が選んだ服はね」

「っ……？」

　首の後ろで結んであるリボンがシュルッとほどかれて。

「脱がしやすいものばかりなんだよ」

「ひぇ……っ」

　中に悠くんの手が入り込んで、背中を撫でてくる。

　肌に直接触れられて、身体がどんどん熱くなって。

　それにキスも全然やめてくれないから。

「抑えないでさ……好きなだけ甘い声出してよ」

「やっ……」

「俺しか聞いてないからさ」

「っ、ん……」

「瑠璃乃の可愛い顔も声も——ぜんぶ俺だけのものだもん
ね。他の男になんか死んでも渡さない」

　こんな甘い毎日が続いて、わたしこれから先ここでうま
くやっていけるのでしょうか。

第 2 章

新しい学園と新しい生活。

　悠くんの寮に来てから2日後。

　専属メイドとしての役割をまっとうするために、わたしは悠くんと同じ天彩学園に通うことになった。

　正直どうして学校まで？とも思ったけど、どうしてもわたしが同じ学校に通う必要があるんだとか……。

　あとで説明すると言われたけど。

　もしかして、悠くんが学園でモテすぎちゃってるから、その護衛を頼まれるとか……？

　もしそうならそれも仕事の一環だし、頑張らないと……！

「わぁ、とっても可愛い制服ですね！」

　今日が始業式なので、昨日できあがったばかりの制服に袖を通して、鏡の前でリボンを結んでると。

「今日も瑠璃乃が可愛くて困っちゃうねー」

「今は制服の話をしてるんですよ！」

　悠くんはこの通りいつもと変わらず。

「瑠璃乃の可愛さに夢中になるやつがいないか心配だなぁ」

「それはないので心配ご無用です！」

　わたしは転入生なので、職員室へ行ってから先生と一緒に教室に行く流れになっている。

「俺は瑠璃乃とクラスが違うからさ。ほんとは一緒がよかったんだけどね」

　悠くんが通ってる天彩学園には、なんでもいろいろ特殊

な制度やクラスがあるらしく。

「俺はアルファクラスで、瑠璃乃は一般クラスね」

　詳しく話を聞いてみると、アルファクラスに入れる生徒は、なんと学園全体で５％しかいない。

　選ばれた生徒だけが入れる特別なクラスなのだそう。

　その条件もすごく厳しいみたいで。

　頭脳明晰、運動神経抜群、家柄も相当地位が高くないといけないらしい。

「じゃあ、悠くんはアルファクラスに入る条件をすべて満たしてるんですか？」

「そーだね」

「す、すごいです」

　完璧すぎて誰も悠くんにかなわなさそう。

　完全無欠とは、まさに悠くんのことを言うんじゃ。

「あの、それで……わたしがここに転入したいちばんの理由って……」

　ずっと気になっていたことを聞くと、悠くんは思い出したように説明を始めた。

「アルファクラスの生徒は、学園内で気に入った子をメイドに指名できるんだよね」

「え、メイドですか!?」

「うん。まあ俺はもう個人的に瑠璃乃をメイドにしてるんだけどさ。24時間余すことなく一緒にいたいから、転入してもらったわけ」

「えぇぇ……!?」

　じゃあ、この学園にはわたしのほかにもメイドの子がいるってことだ。

　お金持ち学校の考えることってよくわからないよ……。

「瑠璃乃がしてるチョーカーは、俺が瑠璃乃の"ご主人様"だって周りに示すものだからね」

　まだまだ知らないことばかりで、毎日が驚きの連続。

　こうして悠くんに職員室まで案内してもらった。

「あ、そーだ。伝え忘れてたけど、お昼休みは俺のクラスに来ることね。あと放課後も迎えに来るのが瑠璃乃の仕事だから」

「そうなんですね！　わかりました！」

「んじゃ、先生呼んでくるから。瑠璃乃はここで待ってて」

　悠くんが職員室の中に入って、しばらくして30代くらいの綺麗な女の先生が悠くんと一緒にやってきた。

「あなたが杠葉さん？」

「はい……！　今日からよろしくお願いします……！」

「こちらこそよろしくね。わたしは杠葉さんのクラスの担任の月島です。転入初日で不安や緊張があるかもしれないけれど、困ったことがあったらなんでも相談してちょうだいね」

「あ、ありがとうございます……！」

　担任の先生が優しそうでよかったぁ。

「それじゃあ先生、瑠璃乃をよろしくお願いしますね」

　悠くんとはここでお別れ。

　一般クラスとアルファクラスは校舎が違うみたい。

　月島先生と教室へ向かう途中の廊下にて。

「それにしても、今の時期に転入ってなかなか大変だったでしょう？」

「急に決まったことでもあったので」

「それにね、ここの学園ではあまり転入してくる生徒はいないの。だから、杜葉さんはかなり珍しいケースになるわ」

「そうなんですか？」

「そもそも転入するにあたって、天彩学園ではかなりの学力が求められるの。だから天彩学園へ転入したくても、なかなか難しいのが現状なのよね」

　そんなにレベルが高いところだったんだ……！

　天彩学園って名前は聞いたことがあるけれど、そんな名門校だったなんて。

「だから転入の手続きが通った杜葉さんはとても優秀なのね。碧咲くんからメイドに指名されるくらいだし」

「悠くん──じゃなくて、碧咲くんは今までメイドを指名しなかったんですか？」

「えぇ。自分には必要ないって。今までずっと頑なに誰も指名をしなかったから、杜葉さんを指名したって聞いたときはびっくりしちゃったわ」

「そ、そうだったんですね」

「とくに碧咲くんは学園側がかなり期待している生徒でもあるの。学力は学園内ではトップクラスだし、家柄もお父様が会社を経営していて立派だから、将来有望な生徒として期待されているの」

　やっぱり悠くんはすごく優秀なんだなぁ。

　こんなに周りから期待されてるし。

「そんな碧咲くんに気に入られるなんて、杠葉さんはすごいわね」

　気に入られてるのかなぁ……？

　そこはいまいちわからないけれど。

「さっきも伝えたけれど、慣れない環境（かんきょう）で大変だろうから、学園のことで何かわからないことや相談事があればいつでも話してちょうだいね」

「はいっ、ありがとうございます！」

　話をしていたら教室の前に到着。

　月島先生が先に教室に入って、しばらくして「それじゃあ、杠葉さん中に入ってきて」と言われたので、ドキドキしながら教室の扉を開けると。

　教室にいる生徒の視線が一気にわたしに集まって、教室内がざわっとした。

「えっ、あの子チョーカーつけてるじゃん！　アルファクラスの生徒からメイドに選ばれたってこと!?」

「ほんとだ～。転入して早々（そうそう）すごいね～」

　うっ……みんなの視線が痛い。

　主（おも）に女の子たちが、わたしの首についてるチョーカーを見てざわざわしてる。

　それに男の子たちにもすごく見られてる……！

「うわー、転入生めっちゃ可愛いじゃん。あんな可愛い子俺見たことねーんだけど」

「すげー可愛いけど、アルファクラスの生徒に指名されてる子には手出せないよなー」

「たしかに。手なんて出したら退学になるどころか、社会的に抹殺されるって噂だしな」

「はーい、皆さん静かに。今日からこの学園に転入してきた杠葉瑠璃乃さんです。まだわからないことが多いと思うから、みんな助けてあげてね」

　軽く自己紹介をして、用意されていた窓側のいちばん後ろの席に座った。

　そのあとすぐにホームルームが始まって、始業式までは自由時間。

　やっぱり周りの視線がすごいことになってる。

　みんなこっちを見て、何やらひそひそ話してる。

　転入生が珍しいのかな。

　なんだか落ち着かない。

　とりあえず窓の外でも見てようかな。

　……と思ったら。

　急にわたしの前の席に女の子が座って。

「この時期に転入なんて珍しいわね。家の事情か何か？」

　ショートヘアが似合う、とっても美人な女の子が話しかけてくれた。

「チョーカーしてるってことはご主人様がいるのかしら？すごいのね、転入早々メイドに指名されるなんて」

「え、えっと……」

「わたし汐音茜子っていうの。よかったら仲良くしない？」

「あっ、ぜひ！」

「わたしのことは茜子って呼んでね」

「あ、茜子ちゃんですね！」

「同じ年なんだから敬語じゃなくていいのに」

　なんとかクラスにお友達ができてひと安心。

　茜子ちゃんみたいにサバサバしてて、話しやすい子がいてよかったぁ。

　今日は始業式だけど、式が終わってから3年生だけ通常の授業があるみたい。

　式が終了後、早速授業を受けてびっくり。

　進むペースが尋常じゃないくらい速くて、すいすい教科書がめくられていく。

　前の高校でしっかり勉強していたおかげで、なんとかついていけたけれど。

　今やっと4時間目の授業が終わって、お昼休みに入った。

　月島先生が言っていた通り、天彩学園はやっぱりレベルが全然違うんだなぁ。

　はっ……しまった！　こうしちゃいられない！

　お昼休みは悠くんがいるクラスに行かなきゃいけないんだった！

　慌てて教室を飛び出して、昨日スマホに送ってもらった地図をもとに悠くんがいる校舎を目指す。

「えっと、アルファクラスの校舎は……あっ、このガラス張りの校舎なんだ！」

　一般クラスの校舎もすごく綺麗だけど、アルファクラス

の校舎はもっと綺麗だなぁ。

「あ、瑠璃乃やっと来た。待ちくたびれたよ」

「お待たせしてすみません！」

　すでに悠くんがクラスの前の廊下で待っていてくれた。

「俺は早く瑠璃乃の顔が見たくて仕方なかったのに」

「すみません、ちょっと道に迷ってしまって！」

「変なやつに声かけられたりしなかった？　瑠璃乃は可愛いから心配だなぁ」

　むしろ茜子ちゃん以外の子からは声かけられなくて、クラスメイトからは距離を置かれてるような気もする。

「いろいろ聞きたいこともあるし。落ち着いて話せる場所に移動しよっか」

　カフェテラスのようなところがあったから、そこでお昼を食べるのかな？

　……なんて、わたしの考えは甘かったようで。

「ここ俺が使える専用の部屋だから」

　びっくりなことに、悠くん専用の部屋が用意されてるではないですか。

　部屋に入る前にガラスのプレートに "VIPルーム碧咲悠様" って書いてあるのが見えた。

「昼休みは基本的にここで過ごしてるからさ」

　学園内に悠くん専用の寮まであって、おまけに校舎内にも悠くんだけが使える専用の部屋があるなんて、すごすぎます……。

　中に入ると、黒いスーツを着た執事さんのような人がひ

とり。

「悠様。本日の昼食はどのようにいたしますか?」

「んー、どうしようかなぁ。瑠璃乃は何か食べたいものある?」

「わたしは特にないです!」

「じゃあ、簡単に食べられるクラブハウスサンドにしよっか。あと、瑠璃乃にだけデザート用意してあげて」

「かしこまりました。すぐにご用意させていただきます」

　少ししてから料理が運ばれてきた。

「わぁ、こんなに豪華なお昼ごはん久しぶりです!」

　テーブルに並べられたとっても美味しそうなクラブハウスサンドとミルクティー。

　それにデザートにマカロンまで用意されてる。

「そんなに豪華?」

「いつも自分で作ったおにぎりを食べていたので……は! 本来はわたしがこういう食事を用意するべきですよね!?」

　すっかり忘れかけて、悠くんに甘えようとしてしまったけど!

　悠くんのお昼ごはんを用意するのもメイドのお仕事に入るのでは!?

「ん? そんなこと気にしなくていいよ?」

「よくないです!! わたしはメイドなのでちゃんとお仕事を――」

「じゃあ、俺と一緒に食事するのが仕事でいいじゃん」

「で、でも……!」

「はいはい、細かいことはいいから。早くしないとお昼休み終わっちゃうよ？」

　せっかく用意してもらったから、食べないわけにはいかないし。

　早速ひとつパクッと食べてみると。

「と、とっても美味しいですっ！」

「瑠璃乃はほんとに幸せそうな顔して食べるね」

「こんなに美味しいものが世の中にあるんですね！」

　隣に座ってる悠くんは、頬杖をついてじっとこっちを見てるだけ。

「はっ、ごめんなさい！　わたしばかり食べてしまって！」

　またしてもやってしまった……！

「ううん、いいよ。瑠璃乃が美味しそうに食べてるのを見るだけで俺は満足だから」

　相変わらず優しそうに、にこにこ笑ってる。

「悠くんは食べないんですか？」

「俺は瑠璃乃が食べたいなぁ」

「わたしは美味しくないですよ！」

「とびきり甘くてクセになるよ？」

　悠くんはただひたすらわたしを見てるだけで、用意されたお昼ごはんに全然手をつけないまま。

「それでさ、さっきの話の続きだけど。変なやつ……とくに男に話しかけられたりしなかった？」

「転入生が珍しいのか、わたしが教室に入った途端ざわざわしてて。みんなの視線が痛かったです」

「男みんな瑠璃乃を見てたってことだ？」

「そういう意味じゃないです！　でも、わたしのほうを見てみんなひそひそ何か話してました」

「瑠璃乃の可愛さに圧倒されてたんだろうねー」

「だからそういうことではなくて……」

「はぁ……瑠璃乃は俺のメイドだから手出すなってこんなわかりやすく示してるのに」

「……？」

「もっとわかりやすくしないとダメかなぁ」

　優しそうに笑ってるのはさっきと変わらないのに、ちょっと危険に見えるのはどうしてだろう。

「おいで瑠璃乃」

「きゃっ……」

　横からギュッと抱き寄せられて、身体が悠くんのほうへ。

「ちょっと制服脱がすね」

「へ……っ、どうしてですか？」

「んー？　瑠璃乃が俺のだって、もっと周りのやつに見せつけてやらないと」

　着ているボレロをささっと脱がされて。

　リボンもシュルッとほどかれて、ブラウスのボタンも上から３つくらい外されちゃって。

「あのっ、悠くん……ひゃぁ……」

　いきなり首筋を舌で舐められて、びっくりした反動で変な声が出ちゃった。

「じっとしてないと痛いよ？」

「な、何するんですか……っ」

「瑠璃乃は俺のものだって痕残しておかないと」

　舌先でツーッと舐めて、肌を少し強く吸われてチクッとした痛みがある。

「瑠璃乃は肌が白いから、真っ赤な痕が綺麗に残ったね」

「っ……？」

「可愛いからもっとつけたくなる」

「ひぇ……っ」

　とっさに悠くんの制服をキュッとつかむと。

「……可愛い。ほんと可愛いよ瑠璃乃」

　その手をギュッとつながれて、優しく握り返してくれる。

「いっそのこと、俺だけが瑠璃乃を独占できる世界があればいいのにね」

　最後に頬に軽く触れるだけのキスが落ちてきて。

「俺の瑠璃乃に近づくやつがいたら……即排除しなきゃね」

　笑顔なのに言ってることがちょっと物騒。

　最近気づいたのは、悠くんが優しそうに笑ってるときは、だいたい穏やかじゃない。

「瑠璃乃はいろいろ鈍感だし疎いから心配が絶えないなぁ」

「そんなにわたし鈍感でしょうか」

「うん、すごーく。まあ、自覚してないところも瑠璃乃らしくて可愛いけどね」

＊　＊　＊

　　──放課後。

「瑠璃乃は今から帰るの？」

「あっ、茜子ちゃん！　うん、今から帰るんだけど、行く
ところがあって」

「あー、ご主人様のお迎えがあるんだっけ？」

「そ、そうなの！」

「この学園にいる一般クラスの女子のほとんどが、アルファ
クラスの生徒からメイドに指名されるのを期待してるみた
いだけど、わたしには何がいいのかわかんないのよねー」

　茜子ちゃんは、どうやら他の子と違ってメイド制度にあ
まり興味がないっぽい。

　はっ、こうしちゃいられない！

　悠くんが心配するから早く迎えに行かないと！

「茜子ちゃんごめんねっ！　もうわたし行かないといけな
くて！」

「あー、いいのよ気にしないで。気をつけて帰るのよ？」

「うん、ありがとう！　じゃあ、また明日ねっ！」

　教室を飛び出して、急いで悠くんがいるクラスへ。

　……行こうとしたんだけど。

「あ、瑠璃乃やっと来た」

　なんと一般クラスの校舎の前に、悠くんがいるではない
ですか。

　悠くんは呑気に手を振って、こちらに歩いてきてるけど。

「あれって碧咲先輩だよね!?　めちゃくちゃかっこいいん
だけど!!」

「一般クラスに顔出すことないのにね！ 誰か迎えに来たとか!?」

「えー、碧咲先輩に迎えに来てもらえるとか羨ましすぎない!?」

　ま、周りがすごいことになってる！

　女の子たちがみんな学年問わず悠くんに釘付け状態。

　中には話しかけにいってる子もいて。

「碧咲先輩！ 今日はどうして一般クラスに来たんですか!?」

「あぁ、一刻も早く会いたい子がいてね」

「それじゃあ、このあと一緒に遊びに行くとかは無理ですか！」

「ごめんね。俺は瑠璃乃にしか興味ないんだ」

　笑顔でさらっと女の子をかわして、悠くんがわたしのところへやってきた。

「はぁ……会いたかったよ瑠璃乃」

　悠くんがわたしを抱きしめた直後、周りから「キャー!!」っと悲鳴のようなものが響き渡って。

「あのっ、悠くん……！ みんなが見てます！」

「そう？ そんなの気にならないよ」

　悠くんは周りの視線も叫び声も気にしてないのか、お構いなしで抱きついたまま。

「周りの視線が痛すぎます！ とりあえず早く寮に帰りましょう！」

「瑠璃乃はそんなに早く俺とふたりっきりになりたいん

だ？　可愛いなぁ」

「えっ!?」

「いいよ。俺も早く瑠璃乃のこと可愛がりたいから」

　なんだかいまいち会話が成立してないような。

　とりあえず細かいことは気にしないでおこう！

　寮の近くに来たところで、やっと人の気配がなくなって
騒ぎが落ち着いた。

　悠くんはモテるだろうなぁとは思っていたけど。

「悠くんが一般クラスに来たらあんなにすごい騒ぎになっ
ちゃうんですね」

「あー、なんか騒がしかったけど俺は瑠璃乃しか眼中にな
かったんだよねー」

「えぇ!?　あんなに注目浴びてたじゃないですか!?　それ
に女の子に話しかけられてましたよね!?」

「えー、そうだっけ。テキトーにあしらってたから忘れ
ちゃった」

　あんなにすごいことになっていたのに。

「それよりさ、俺は早く瑠璃乃とふたりっきりになりたい
んだけどなぁ？」

　寮の部屋に着いて扉が閉まったと同時に、後ろから悠く
んが抱きしめてきた。

「はぁ……やっと瑠璃乃とふたりになれた」

「まだ帰ってきたばかりですよ」

「男に話しかけられたりしなかった？」

「とくに何もなかったですよ？　悠くんは心配しすぎです」

「瑠璃乃の可愛さが異常なのがいけないんだよ。はぁ、いっそ瑠璃乃にボディーガードでもつけようかなぁ」
「わたしは雇ってもらってる身なので、ボディーガードつけるのはおかしいです！」
「うん、雇ってるのはかたちだけね。もうすぐ俺の婚約者になるんだから」
　なんだかまた話が飛んでるような。
「あ、そーだ。頼んでたものがやっとできあがったから」
　そう言って悠くんが持ってきたもの。
「瑠璃乃の身体に合わせて作らせたから、サイズは問題ないと思うけど」
「これってメイド服ですか？」
「そう。ほんとはもっと早く用意したかったんだけど、思ったより時間かかったからさー。いちおうメイドの仕事してるときはこれ着るのがルールね」
　緑色をベースにしたワンピースに、真っ白のエプロン。
　胸元には少し大きめの緑のリボンがついてる。
「こ、こんな可愛らしいのをわたしが着るんですか？」
「もちろん。メイド服を着た可愛い瑠璃乃が見たいから早く着替えてきてよ」
「うっ……でも！」
「これご主人様の命令ねー」
　ぜったい逆らっちゃダメだよって、笑顔で圧をかけられてるような。
　仕方なく着替えるために一室を借りることに。

　悠くんが言っていたようにサイズはぴったり。

　こんなに可愛いメイド服を着て仕事をしないといけないなんて。

　ちょっと恥ずかしさもあるけど、働かせてもらうわけだからしっかり頑張らないと……！

　早速悠くんがいる部屋に戻って、メイドのお仕事をしようと思ったんだけれど。

「あぁ、待って。想像の何倍も可愛くて困る」

「は、悠くん離してください！」

「いや、無理。メイド服姿の瑠璃乃が可愛すぎてずっと見てたい」

「それじゃお仕事できないです！」

「いいよ、仕事なんてしなくて。俺のそばにいてくれたらそれでいいから」

「でも、雇っていただいてるので何かしないとです！」

「屋敷から使用人呼ぶから瑠璃乃は何もしなくていいよ？」

「それじゃわたしがメイドになった意味が……」

「あるでしょ。俺専属のメイドなんだから俺の言うことはぜったい。これだけ覚えてようね？」

　これじゃ、わたしただの居候になっちゃうんじゃ。

「とりあえず、ちゃんとお仕事します！」

「やることがあるならね」

「今日の晩ごはん作ります！」

「ケータリング頼んでおいたよ」

「じゃあ、お部屋の掃除を！」

「俺たちが授業受けてる間に、使用人を呼んでやってもらったよ」

「お洗濯とかお風呂の掃除は！」

「それもぜんぶやってもらった」

「うぅ……じゃあ、あとは何をしたら……」

「俺の相手したらいいでしょ」

「へ……あっ、え……？」

「俺を愉しませるのもメイドの仕事だもんね？」

　悠くんとの生活は、まだまだ慣れなくてドキドキがいっぱいです。

悠くんと甘い日常。

「悠くん、朝ですよ！　起きてください！」

「ん……まだ瑠璃乃と一緒に寝たい」

　ここの寮に来てから、毎晩ぜったい悠くんと一緒のベッドで寝るようになった。

　わたしはお布団を敷いて、別で寝ることも提案してみたんだけれど。

　悠くんが断固として反対で、その提案は即却下。

「わたしはこのあと朝ごはんを作ったり、今日はお天気がいいのでお洗濯もしたくて！」

「……俺はまだ瑠璃乃と離れたくないなぁ」

「せっかくのお休みなので、悠くんはまだゆっくり寝ててください」

「瑠璃乃がいないと意味ないじゃん」

「さっきもお伝えしたように、わたしは今日やることがたくさんあるので！」

　少し前に、メイドとしての仕事はきちんとやりたいですってあらためてお願いをした。

　悠くんはすごく渋々だったけど「瑠璃乃のお願いなら断れないぁ」って。

　ただし、ぜったい無理をしないことと、悠くんの相手をするのをいちばんに優先することって。

「俺も瑠璃乃のこと手離せなくて毎日大変なんだよねー」

「悠くんは甘えすぎですよ！　わたしはもう起きちゃいますから！」

　こんなやり取りを繰り返していたら、1日があっという間に終わっちゃいそう。

　なんとかベッドから脱出して、メイド服に着替えをすませてお仕事スタート。

　まずは部屋の掃除から。

　普段わたしと悠くんが一緒に過ごしてる部屋は、とても広いので掃除をするだけで1時間くらいかかっちゃう。

　それに、窓の数も多いし、とっても大きくて1枚拭くだけでも大変。

　台にのぼって、なんとか上のほうまで手を伸ばしながら拭いてると。

　台がガタッと揺れて、少し傾いたせいで身体が後ろに倒れかけて。

「うわっ、きゃっ……！」

　重力に逆らえずギュッと目をつぶった瞬間。

「……ほら、俺が目を離すとこれだもんね。だから瑠璃乃は放っておけないなぁ」

　パッと振り返ると、わたしの身体をしっかり受け止めてくれた悠くんがいた。

「す、すみません！　わたしの不注意で！　悠くんはケガしてないですか!?」

「俺の心配より自分の心配しようね。瑠璃乃はケガしなかった？」

「悠くんが受け止めてくれたので平気です！」

「痛いところもない？」

「はいっ。お騒がせしました！」

「危ないからそんなことしなくていいのに」

「次は失敗しないように頑張ります！」

「瑠璃乃のそういう真面目なところ好きだなぁ」

　クスッと笑って、わたしの頭を軽くポンポン撫でながら。

「そういえば、まだ起きてからキスしてないね」

　笑顔の悠くんが、どんどん迫ってきて。

　気づいたら唇が触れちゃいそうな距離。

「い、今するんですか？」

「そういう約束でしょ？　ほら瑠璃乃の唇ちょうだい」

　ちょっと抵抗しても、悠くんがさらっと唇を奪ってなかなか離してくれない。

「あー……やば。もっとしたいなぁ」

「まって、ください……っ」

「やだ。触れてるだけじゃ足りない」

「んんっ……」

　最近の悠くんは、一度スイッチが入ると満足するまでぜったい離してくれない。

＊　＊　＊

　悠くんの暴走が止まるまで少し時間がかかってしまって、さっきやっとお部屋の掃除と窓拭きが終わったところ。

　今は廊下の窓を拭いて、花瓶に生けてある花を取り換え
てると。

「あ、瑠璃乃こんなところにいたの？」

「まだお仕事してるので甘えちゃダメですよ！」

　ささっと悠くんから距離を取ると、にこにこ笑顔のまま
グイグイ近づいてきて。

「頑張ってる瑠璃乃にごほうび用意したんだけどな」

「ごほうび、ですか？」

「さっきから動きっぱなしで疲れたでしょ？　そろそろ休
憩してもいいんじゃない？」

　──で、お部屋に戻ってみたら、びっくりな光景が。

「こ、これどうしたんですか!?」

「ん？　瑠璃乃が甘いもの好きだって聞いたから」

　テーブルにずらーっと並べられた、たくさんのスイーツ
たち。

　チョコレート、マカロン、フルーツタルト、ティラミス
などなど。

　悠くんからさらっとお皿を渡されて。

　まるでどこかのお店を買い取ってきたみたいな、スイー
ツビュッフェ状態。

「たしかに甘いものは好きですけど、こんなにいただけな
いです！」

「えー、どうして？　もしかして気に入らなかった？」

「そうじゃなくて！　えっと、悠くんはわたしに甘すぎる
と思うんです！」

「好きな子を甘やかしたいと思うのは当然でしょ？」

「うっ……」

「それにさ、俺は瑠璃乃の望みはぜんぶ叶えてあげたいんだよねー」

　なんだか悠くんのわたしへの甘やかしが、日々すごいことになってるような。

「だから瑠璃乃はもっと俺にわがまま言っていいんだよ？」

「言えないですよ。わたしは悠くんのメイドなので」

　わたしは雇ってもらってる身なのに。

　ご主人様である悠くんにわがままを言うなんて大それたことはできない。

「立場なんて気にしなくていいのにねー。俺は瑠璃乃だからしてあげたいのに」

「その気持ちだけで充分です」

　すると、わたしの手からお皿をさらっと奪って。

「ほら、俺が取ってあげるから。どれが食べたい？」

「えっ、え!?」

「俺がやってあげる。瑠璃乃はさ、もっと俺に甘えることを覚えたほうがいいよ」

　結局、悠くんが取り分けてくれた。

　それに、ぜんぶわたしが好きなものを選んでくれてる。

　前に甘いものが好きって話したことを覚えててくれたんだ。

「取り分けてくれてありがとうございます」

「いいえー。これさ、パリの有名なパティシエが日本でオー

プンした店のスイーツなんだって」

「へ……!? そ、それってかなりお高いんじゃ……」

「そんなこと気にしなくていいよ?」

「気にしなくちゃダメです!」

「どうして? 瑠璃乃がよろこんでくれるなら惜しむもの
なんてないよ?」

「だからって、なんでわたしにここまで……」

「俺は瑠璃乃が笑顔で幸せそうにしてくれてたら、それだ
けで充分なんだよ、わかる?」

「うっ……でも」

「ほら、細かいことは気にしなくていいから好きなだけ食
べて。あっ、それとも俺に食べさせてほしいの?」

「ひ、ひとりで食べられます!」

　悠くんは、出会ったときからわたしにたくさんのことを
してくれる。

　わたしは悠くんに何も返せていないのに。

「るーりの? どうしたの、早く食べなよ?」

「あっ、はいっ。いただきます!」

　美味しそうなピンクのマカロンをパクッとひと口。

「んっ! このマカロン美味しすぎますっ!」

「ふっ、そんなに? 瑠璃乃はマカロンがいちばん好きな
んだっけ?」

「はいっ。スイーツの中でいちばん好きです!」

　小さい頃、誕生日にマカロンの詰め合わせボックスをも
らったときに、マカロンの美味しさに目覚めてしまったの

がきっかけ。

「見た目は色とりどりで可愛くて、どれも甘くて美味しいですし、ぜんぶ味が違ってたくさん楽しめるからだいすきですっ！」

「そんなに瑠璃乃に好かれてるマカロンが羨ましいなぁ。俺もマカロンになろうかな」

「えっ、悠くん何言ってるんですか!?　マカロンはお菓子(かし)ですよ！」

「だってさ、俺も瑠璃乃にそれくらいだいすきって言われたいし」

　まさかマカロンになりたいって言われちゃうとは。

「悠くんのことも好きですよ？」

「じゃあ、今すぐ結婚しよっか」

「人として好きって意味です！　こんなわたしをメイドとして雇ってくれて、とっても優しくしてくれて」

「うん、それって瑠璃乃から俺へのプロポーズだよね？」

「違います違います！　ただ感謝を伝えたくて！」

「さっきも言ったけど、俺が瑠璃乃にしてあげたいからするんだよ。他の子にはここまでしない」

　悠くんは、いつもストレートに思ってることを伝えてくれる。

　だから、受け止める心の準備ができてなくて簡単にドキドキしちゃう。

「早く瑠璃乃のぜんぶが俺のものになったらいいなってずっと思ってるよ」

「ぅ……ずるいです」

「どうして？　思ってること素直に伝えてるだけなのに？」

「ストレートすぎて心臓に悪いですっ……」

　なんだか悠くんの顔を見るのが恥ずかしくなって、プイッと横を向くと。

「照れてる瑠璃乃も可愛いなぁ」

　悠くんが愉しそうに笑ってる声がする。

　悠くんはすぐ可愛いって言ってくるから、それにも最近ドキドキしちゃう。

　もう悠くんは気にせずにスイーツ食べちゃおう！

　お皿にあるスイーツをパクパク食べ進めてると。

「あーあ、またそんな可愛いことして」

「……？」

「俺にかまってほしくてわざとやってるの？」

「なんのことですか？」

「おいで。俺がたっぷり可愛がってあげるから」

「へっ、あ……えっ？」

　悠くんにされるがまま、わたしが悠くんの上にまたがって乗っかってる状態に。

「これいいねー。瑠璃乃に見下ろされるのも興奮しちゃうなぁ」

「お、おろしてください！」

「口にチョコレートついてるよ」

「っ……！　すぐに自分で拭きます！」

「いいよ。俺が舐めてあげるから」

「へ……!?」

　慌ててる間に、悠くんがグッと顔を近づけて。

「じっとしてないと唇に触れちゃうかもね」

「っ……ひゃ」

　唇を軽くペロッと舐めて、チュッと吸って。

　口元をキュッと結んでも、舌がうまくこじあけようとしてくる。

「あま……。もっと欲しくなるね」

「ぅ……んっ」

　少ししてから、唇がゆっくり離れていって。

　近い距離でじっと見つめ合ってから。

「せっかくだからもっと愉しいことしたいね」

「たのしい、こと……？」

　クスクス笑いながら、メイド服のリボンを簡単にほどいてボタンまで外しちゃってる。

「は、悠くんストップです……！」

「もっと脱がしやすいメイド服がよかったなぁ」

「わたしの話聞いてください……！」

　ボタンを外されちゃったせいで、ちょっとはだけて中のキャミソールが見えちゃいそう。

「じゃあさ……瑠璃乃の身体が熱くなることしよっか」

　あっ、どうしよう。

　悠くんがこうやって笑ってるときは危険なサイン。

「瑠璃乃の敏感なところ……俺ぜんぶ知ってるからね」

　首筋に強く吸い付くようにキスを落として、頬とか耳た

ぶとか優しい手つきで触れてくる。

　じわっとなぞるような触れ方で、首筋への刺激も少しずつ強くなって。

「瑠璃乃はここ弱いもんね」

「っ、ひぅ……」

　空いてる片方の手が、スカートの中に入り込んで太ももをゆっくりじわりと撫でてくる。

「……可愛い。耐えられなくなってきた？」

「耳は……っ、ぅ」

「……そっか。瑠璃乃は耳も弱いんだね」

「ひゃぁ……噛んじゃ、やっ……」

　耳にキスを落として、耳たぶを甘噛みして。

　身体の内側から熱がブワッと湧きあがってる。

　こんな甘い触れ方されたら、身体がおかしくなっちゃう……。

「もっとさ……強い刺激与えたら瑠璃乃の身体どうなるかなぁ」

「っ、ぅ……」

「俺のことを欲しがって乱れる瑠璃乃……たまんないだろうね」

　イジワルな手つきが止まってくれない。

　それに……首筋に落ちてくるキスだけじゃ、物足りなくなってるのはどうして……？

「瑠璃乃のぜんぶ愛したくてたまらない」

「……っ」

「唇だけじゃなくて……ここにもキスしたいし痕残したい」

　太ももに触れてる指先が、少し爪を立てるようにグッと力を込めて。

「やぁ……っ、ぅ……」

「……感じちゃってるの可愛い」

　身体が熱くて、悠くんに与えられる刺激にぜんぶ強く反応しちゃう。

「もう熱くて我慢できないでしょ？」

　耳元でささやかれる声にすらクラッとして。

「……キスしたい？」

「っ……」

　唇にキスが落ちてくると思ったら。

　うまく外して、ギリギリのラインで真横に軽くするだけ。

「瑠璃乃から可愛くおねだりして」

　身体の奥が熱くて、じっとしていられない。

　真横に落ちてきたキスがもどかしくて、理性があんまり機能しなくなってる。

「ほら、指で触れただけでこんなきもちいいのに」

「ん……っ」

「唇が触れたらもっときもちいいよ」

　発情してるときは、クラクラして何も考えられなくなっちゃう。

「はるか……くん、もう……っ」

「俺のこと欲しいってねだってごらん」

　ほんのわずか残ってる理性で、首をフルフル横に振ると。

「じゃあ、もっと焦らすよ？」

「そんなイジワルしちゃ、やっ……です」

　控えめに悠くんの服をキュッとつかむのが、わたしの最大限の抵抗。

「仕方ないなぁ……。そんな可愛い顔するの反則だよ」

「……っ」

「瑠璃乃からの可愛いおねだりはまた今度かなぁ」

　悠くんのほうにグッと引き寄せられて……あとちょっとで唇が触れそうになる瞬間……。

「……きもちいいのいっぱいしてあげる」

　唇が触れた途端に、今まで感じたことない刺激が全身に走って、熱がさらにあがるばかり。

「……ちょっと焦らしすぎたかなぁ。瑠璃乃の身体すごく敏感になってるね」

「……やっ、もう……やめ……」

「やめていいの？　まだ瑠璃乃の身体は熱くて欲しがってるのに」

「んっ……ふっ……」

「ほら、もっとしようね。俺もね、瑠璃乃のこと欲しくてたまらないから」

＊　＊　＊

「ねー、瑠璃乃？　寝る前なのにキスしないの？」

「今日たくさんしたのでなしです……！」

「瑠璃乃のキスがないと俺眠れないなぁ」

　寝る時間になって、一緒にベッドに入るとまたキスして こようとしてる悠くん。

「今日はもうしません！」

　布団で唇を隠して、キスされないようにブロック。

「じゃあ、満足するまで瑠璃乃のこと抱きしめてようか」

「いつも抱きしめてますよ」

「瑠璃乃の身体にたくさんイジワルするのもありだよねー」

「イジワルはダメです！」

　プイッと悠くんがいるほうに背を向けると。

　ベッドのサイドテーブルに置いてあるわたしのスマホが 光ったのが見えた。

　こんな時間に誰だろう？

　スマホに手を伸ばして確認すると、メッセージが届いて いた。

「あっ、父から連絡が来ました。父も母も元気そうです！ 現地の子どもたちとの写真も送ってくれてます！」

　お父さんもお母さんも子どもたちも、みんなとっても素 敵な笑顔で写ってる。

「瑠璃乃は寂しくないの？」

「前も伝えたと思うんですけど、もう慣れました！　それ に父と母がやっていることを応援したいんです。わたしも すごく大切に育ててもらったので！」

　わたしはひとりっこで兄弟もいないけれど、その分両親 がこれでもかってくらい愛情を注いで育ててくれたから。

　幼い頃寂しいって思ったことはほとんどなかったし。

「……やっぱり俺のほうが瑠璃乃の魅力にどんどん惹かれていくね」

「え……？」

　優しくギュッと抱きしめられて、触れるだけのキスが唇に落ちてきた。

「こ、このキスはなんですか？」

「瑠璃乃のこと愛おしくてたまらないから」

「えっ？」

「これからは俺が瑠璃乃のことたくさん愛して、これでもかってくらい大切にしてあげるからね」

　悠くんの甘さはとどまることを知りません。

後輩くん誘拐事件。

悠くんの寮で生活を始めて早くも2ヶ月が過ぎた頃。

今日はひとり学園を出て、アパートの更新手続きへ。

じつは、悠くんの寮に移った際にアパートは引き払っていない。

お父さんとお母さんが、日本に帰ってきたときに住む家がないと困るから。

悠くんは、わたしがひとりで出かけることに猛反対。

わたしひとりで大丈夫と伝えても「いや、ダメ。ぜったいダメだよね。俺も一緒に行くから」って。

おまけに車まで用意するなんて言い出すから、さすがに断って悠くんを寮に置いて、ひとりで無理やり外に出てきたわけです。

やっぱり悠くんは、わたしに過保護すぎると思う。

わたしはメイドとして雇ってもらってる立場だから、なんでも甘えちゃうのはよくないと思うし。

*　*　*

無事にアパートの更新手続きが終わって帰る途中。

悠くんからの着信とメッセージが大量に。

お昼前には帰りますって伝えてあるのに、【今どこ。すぐに迎えに行くから】とか【瑠璃乃の顔見ないと死にそう】

とか【心配すぎて俺の寿命が縮まってるよ】とか……。

　これは早く帰らないと……！

　急いで駅を目指して歩いてる途中。

「楓都様！　お車のほうへお戻りください」

「だから、僕は行く気ないって言ってるでしょ？」

「なりません。お父様から今回こそは楓都様に──」

「しつこいなぁ。なんで僕の将来を父さんに勝手に決められなきゃいけないの」

　１本外れた道のほうから、何やら揉めてる会話が聞こえてくる。

　心配になって、ひょこっと覗いてみると。

　わたしと同じ高校生くらいのスーツを着た男の子が、黒服を着た大人たちに囲まれてる。

　しかも、嫌がってる男の子を無理やり車に乗せようとしてる。

　えっ、なにこれ。デジャヴ……？

　悠くんと出会ったときの状況と似すぎてるような。

　まさか誘拐されそうになってる？

　悠くんのときみたいに声をかけて助けてあげるべき？

　このまま見過ごして、のちに何か大きな事件に発展したらまずいし。

　前と同じ考えが浮かんで、気づいたら身体が動き出してた。

「あのっ、その子嫌がってるのでやめてあげてください！」

　この場にいる全員の視線が一気にわたしに集まった。

　うっ……これも悠くんのときとまったく同じだ。

「失礼ですが、部外者のあなたには関係ないことかと」

「でも、その子抵抗してますよね！　無理やり連れて行こうとしてるのを見過ごすわけにはいかないです！」

　大人たちからかばうように、男の子の前に立つと。

「無理やりではなく、これは決まり事でして」

「じゃあ、この子の意志も聞いてあげてください。決まり事でぜんぶ片づけようとするのはよくないと思います」

　事情を知らない部外者のわたしが、ここまで首を突っ込むのは違うかもしれないけど。

　悠くんも、大人たちの都合で自分の意志を伝えられずに諦めかけていたから。

「どんな事情があるかはわからないですけど、きちんとこの子が納得できる理由を伝えてあげてください」

　大人たちがちょっと気まずそうにして黙り込んだ直後。

　後ろにいる男の子に急に手を握られて。

「少し待ってて。僕この人と話がしたい」

　そう大人たちに告げて、わたしの手を引いて少し離れた場所へ。

　あらためて男の子の顔を近くで見たけど、整いすぎててびっくり。

　艶のあるさらっとした真っ黒の髪に、瞳はぱっちりしてて、顔もすごく小さい。

　かっこいい中に、どことなく可愛らしさもある男の子。

「どうして僕を助けてくれようとしたんですか？」

「あっ、えっと、大人たちが何も意見を聞かずに無理やり連れて行こうとしていたように見えて」

　悠くんと重なったからっていうのもあるけど、嫌がってる子を大人が数人がかりで無理やり連れて行こうとするのは違うんじゃないかなって。

「そういうのって声かけると厄介じゃないですか。だから見過ごすのが普通だと僕は思ってました」

「すみません、余計なお節介でしたよね……！」

「いえ、そんなことないです。あなたみたいな素敵な女性にはじめて出会いました」

「え？」

　男の子は、とっても可愛らしい笑顔で握っているわたしの手の甲にチュッとキスを落として。

「これって運命だと思いません？」

「へ……？」

「あなたにひとめ惚れしちゃいました。よかったら僕と結婚しませんか？」

「は、はい!?」

　なんで悠くんのときと同じ展開をたどってるの!?

　ひとめ惚れとか結婚とか！

「僕あなたみたいな真っすぐで心が綺麗な人に出会ったことがないんです。一瞬であなたの虜になりました。だから、僕のすべてをかけて幸せにします」

「ちょ、ちょっと待ってください！　話が急すぎます！」

「どこがですか？　僕の今の気持ちを伝えただけなのに」

「だって、わたしたち今出会ったばかりですよ!? もう少し冷静になったほうが……」

「僕は冷静ですけどね。じゃあ、これからお互いのことをゆっくり時間をかけて知っていくのはどうですか?」

「それは、お友達としてですか?」

「いえ、婚約者として」

「っ!? 話が飛びすぎです!!」

　悠くんといい、この男の子といい。

　どうしてこうも話がトントン進んでいっちゃうの!?

　慌てるわたしを差し置いて、男の子は遠慮なくわたしの腕をグイッと引いてきた。

「僕、昔から自分が欲しいと思ったものは、どんな手段を使ってでもぜったい手に入れてきたので」

　可愛らしいのに、とっても危険な笑みを浮かべて。

「ぜったいあなたのこと手に入れてみせます」

　な、なんだかとんでもない方向に話が進んじゃってるような……!

　すると絶妙なタイミングで黒服の人たちがこっちへやって来て。

「楓都様、そろそろお時間です」

「あぁ、うるさいなぁ。そういえば名前聞いてなかったですね。よかったら教えてください」

「え、あっ……えっと」

「年はいくつですか? 僕は今年16歳になります」

　へ、へぇ……わたしより年下なのにしっかりしてるなぁ。

　……って、感心してる場合じゃなくて！
「あなたのこともっと知りたいです。ダメですか？」
　す、すごいグイグイ聞いてくる……！
　はっ……でもそういえば、悠くんから知らない人には簡
単について行っちゃダメだし、名前とかも教えちゃダメだ
よって言われてたんだ。
「楓都様。時間が迫っておりますのでお車のほうへ」
「はいはい。じゃあ、いま顔しっかり覚えたので、今度僕
から会いに行ったときにまた教えてください。必ず会いに
行くって約束します」
　そう言って、男の子は黒服の人たちと一緒に車に乗って
走り去っていった。
　なんだかすごい出来事だったなぁ。
　はっ、わたしも急いで寮に帰らないと！
　また心配性な悠くんから連絡が来ちゃう。
　このときは今起きた出来事はあまり深く考えずにいた。
　まさかこのあと、思わぬかたちで再会することになるな
んて知らずに──。

悠くんのご両親と対面。

　ある休みの日のこと。

　突然ですが、まったく知らない男の子が寮の中に入って
きました。

「え、あっ、どちら様ですか？」

　急なことにびっくり。

　悠くんは今ちょうど用事があって出かけてるし。

「あ、どうもはじめまして。僕、悠のいとこで朱桃歩璃っ
ていいます」

　え、悠くんにいとこがいたなんて初耳！

「あっ、はじめまして！　杠葉瑠璃乃です！」

　どことなくだけれど、悠くんに少し似てる雰囲気がある
なぁ。

　それに、悠くんと同じ形をしたピアスが耳元で光ってい
て、この子は真っ赤なルビー。

「僕、瑠璃乃さんより年下なんで気使わなくていいですよ」

「そうなんですか！　ちなみに今何年生なんですか？」

「今年高校１年になりました。僕も悠と瑠璃乃さんと同じ
で天彩学園に通ってます」

「わぁ、そうなんですね！」

　わたしよりふたつも下だけど、落ち着いてるし、しっか
りしてるなぁ。

「悠はまだ帰ってきてないですか？」

「朝出かけてから、まだ帰ってきてないです」

　朝早く悠くんに電話がかかってきて、電話が終わったあとお屋敷に戻るとだけ告げて出かけてしまった。

「そうですか。んじゃ、悠が帰ってくるまで部屋で待っててもいいですか?」

「はいっ、どうぞ!　すぐに何か飲み物用意しますね!」

「いや、大丈夫です。悠が死ぬほど大切にしてる瑠璃乃さんに何かあったら僕殺されるんで」

「え?」

「俺の瑠璃乃に何飲み物用意させてるの?って笑顔で圧かけてくる悠の顔が想像できるので」

　なんて言いながら、歩璃くんは自分で飲み物を用意し始めてしまった。

「瑠璃乃さんもよかったらどうぞ。紅茶(こうちゃ)淹れたので」

「あっ、すみません!　歩璃くんお客さんなのに!　はっ、今の呼び方ちょっと馴(な)れ馴れしかったですかね!」

「いや、僕は呼び方とか気にしないんで、瑠璃乃さんの好きに呼んでもらえたらいいですけど。ただ悠が妬(や)くかもしれないですね」

「どうしてですか?」

「瑠璃乃さんが下の名前で呼ぶのは自分だけがいいって悠は思ってそうだなーって」

「そうでしょうか」

「まあ、好きな子に対してそう思うのは僕もわかるんで」

　呼び方とかはあんまり気にしたことないからわかんない

なぁ。

「最近、悠から嫌ってくらい瑠璃乃さんの話を聞いてるので。悠みたいなのに愛されてて大変ですね。過保護すぎて大変じゃないですか？」

「た、たしかに、悠くんはわたしに過保護すぎるなぁとは思います」

「それだけ瑠璃乃さんが大切なんですね。悠がここまで誰かに夢中になってるのをはじめて見たので、僕も最初は戸惑いましたけど」

「そうなんですか？」

「いつも自分の感情を隠していた悠が、父親にきちんと瑠璃乃さんを紹介したいっていうくらいですから」

　悠くんは、もともとあんな感じの優しくてやわらかい雰囲気だと思ってたけど。

「今の悠は異常なくらい瑠璃乃さんしか見てないですし、瑠璃乃さんに何かあったら本気でおかしくなって狂っちゃうと思いますよ」

「そ、そんなにですか？」

「きっと瑠璃乃さんだけには心を開いてるんですよ。悠はもともと感情を表に出すタイプじゃなかったですし。いつも作り笑顔で周りとなんとなくうまくやり過ごして。誰も本当の悠の顔を知らないんじゃないかってくらい、悠は自分を隠すのがうまいんですよね」

　わたしが知らなかった悠くんの一面。

　たしかに悠くんとはじめて会ったとき、自分の感情を伝

えるのを諦めて無理して笑顔を作ってるように見えた。

　だからこそ、そんな悠くんを放っておけなくて。

　普段から明るくて世渡り上手な悠くんだけど、きっと何か抱えてるものがあるんだ。

「それに、悠と瑠璃乃さんは運命の番なんですよね？」

「あっ、そうです」

「へぇ。じゃあ、これから瑠璃乃さんは悠に死ぬまでずっと愛され続けることになるんですね」

「その前にわたしが飽きられちゃうかもですよ！」

「それはないですね。地球が滅亡するくらいありえないことだと思いますよ。例えば瑠璃乃さんが悠のこと大っ嫌いとか言ったら、悠はその場で気失うと思うんで」

「えっ!?」

「面白いので言ってみますか？」

「それはあんまりよくないかと！」

　歩璃くんって、悠くんのことをすごく理解してるのに、結構さらっと毒を吐いてるような。

「僕も大切にしたい子がいるんです。とっても可愛くて放っておけない……ずっと昔から想い続けてる子が」

　歩璃くんが優しくふわっと笑ってる様子から、相手の子のことがすごく好きなんだなぁって表情だけでわかる。

「いつかその子ともお会いできたらうれしいです！」

「たぶん近いうちに会えますよ。悠が寮をあけるときは恐らく僕の屋敷に瑠璃乃さんをあずけると思うので」

　すると、部屋の外から何やら騒がしい足音がして。

　部屋の扉が勢いよく開いた。

「あー、歩璃もう来てたんだ？」

「すぐ来いって言ったの悠でしょ。言われたやつ持ってきたけど」

「さすが歩璃。ありがとねー」

「綾咲に奥の別の部屋に運ばせておいたから」

「さすが歩璃の執事なだけあって綾咲さんも仕事が早いねー」

　悠くんの目線が、何やら歩璃くんとわたしを交互に見ていて。

　にこっと笑ったまま、歩璃くんにたいして。

「俺の瑠璃乃と楽しくお茶してたんだ？」

「普通に話してただけ。瑠璃乃さんと仲良くしたら僕この世から消されるのわかってるし」

「さすが歩璃は頭が良いねー」

「悠の瑠璃乃さんへの愛は異常だからね」

「そういう歩璃はどう？　最近恋桃ちゃんとはうまくやってんの？」

「恋桃が可愛すぎて毎日僕の心臓死にそう」

「ははっ、歩璃がここまで惚れこんでるのすごいよねー。ずっと片想いだもんなぁ」

　恋桃ちゃんって子が、歩璃くんがさっき言ってたずっと想い続けてる子なのかな。

「また近いうちに歩璃の屋敷に様子見に行くかー」

「来なくていいし。悠は瑠璃乃さんだけ相手にしてたらい

いじゃん。僕と恋桃の時間邪魔しに来ないでよ」

「冷たいなぁ」

「悠は油断も隙もないから、僕の大切な恋桃に変なこと吹き込みそうで怖い」

「わー、俺信用されてないねー」

「ってか、会食の時間いいの？　今から準備とかするんでしょ？」

「それが屋敷から使用人呼んでるんだけど、なかなか来ないんだよねー。着付け頼みたいのにさ」

「んじゃ、僕は用がすんだからこれで帰るね。屋敷で恋桃が待ってるし」

「恋桃ちゃんと進展あったら報告待ってるからなー？」

　こうして歩璃くんは執事さんと一緒に車でお屋敷に帰っていった。

「歩璃とは普通に話せた？」

「はいっ。すごく気を使ってくれてて、逆になんだか申し訳なかったです」

「ははっ。まあ、瑠璃乃の機嫌を損ねるようなことしないよう言ってあるからねー」

「悠くんのことすごく理解してる子だなぁって思いました」

「歩璃は可愛い弟みたいなもんだからねー。……って、こんな呑気に話してる場合じゃないんだよなぁ」

「何か急ぎの用事があるんですか？」

「そうそう。あと１時間くらいでここ出なきゃいけないのに屋敷の人間が来ないからどうしよっか」

「わたしでよければお手伝いしますよ？」

「瑠璃乃さ、自分で着付けできる？」

「あっ、できますよ！　どなたかの着付けのお手伝いだったら任せてください！」

　お母さんが着物が好きで、それもあって着付けを教えてもらった。

　何度か自分で着たこともあるし。

「瑠璃乃ってほんとなんでもできちゃうんだね。着付けできるとかすごすぎない？」

「母に教えてもらったんです！」

「そっか。じゃあ、自分で着られそうだから問題ないか」

「え？　誰かの着付けのお手伝いなんじゃ……」

「違うよ。瑠璃乃が着るの。そのために今日歩璃に来てもらったんだよねー」

「ええっと、どうしてわたしが？」

「歩璃の家が呉服屋とつながりがあってさ。今日急きょ瑠璃乃に合わせた着物が必要になったから用意してもらったんだよ」

　えっと、それはつまりどういうこと？

「今から俺の父さんと母さんと料亭で会食するから。瑠璃乃のこと紹介しようと思って」

「か、会食!?　悠くんのお父様とお母様とですか!?」

「そうそう。今朝急に決まってさ。父さんたち今日から１週間だけ日本に滞在するみたいだから。それで俺と瑠璃乃に会いたいんだってさ」

「えぇ!? 急すぎませんか!?」

「俺も急だなぁとは思ったけど、瑠璃乃を紹介するいい機会だなって」

「わ、わたし料亭で食事なんてしたことないです!」

「大丈夫だよ。とりあえず時間ないから着替えよっか」

　ほんとは緊張と不安でいっぱいだけれど。

　悠くんのご両親にはきちんとご挨拶してないし、せっかく食事をする機会を作ってもらえたんだから、失礼のないようにしないと。

＊　＊　＊

「瑠璃乃は大人っぽいから和柄も似合うねー」

「うっ、ドキドキしてきました」

　なんとか着付けが完了して、悠くんと迎えの車で料亭に向かってる。

　悠くんはスーツに身を包んで、髪もセットしてる。

「いつも通りの瑠璃乃でいてくれたらいいんだよ」

　心臓がバクバクのまま料亭に到着。

「わぁ……すごい風情のあるところですね」

「俺のじいちゃんがこだわって設計したらしいけど」

「えっ!? 悠くんのおじいさまがですか!?」

「そうそう。俺のじいちゃんが経営してるんだよねー」

　ひぇぇ……悠くんの家系すごすぎます……。

「大事な会食とかあるときは、だいたいここで食事するん

だよねー」

　こんな高級そうな場所に、わたしが来てもよかったのかな……。

　いま人生でいちばん緊張してる瞬間かもしれない。

　中に入ると個室が用意されていて、悠くんがふすまを開けると──。

「父さんも母さんも久しぶり」

「あぁ、久しぶりだな。今日は急にすまなかったな」

　すでに悠くんのご両親がいた。

　悠くんを見たあと、ふたりの目線がわたしに向いた。

「は、はじめまして……！　杠葉瑠璃乃と申します……！」

「はじめまして、瑠璃乃さん。悠からいろいろ話は聞いているよ。立ち話もなんだから、ふたりとも座りなさい。落ち着いてから話をしようじゃないか」

　あらためて悠くんのご両親の顔をしっかり見ると、ふたりとも悠くんに似てる。

　悠くんの綺麗な顔立ちはご両親譲りかな。

　瞳が大きいのはお母様に似ていて、鼻筋が通っているところとか、薄い唇とかはお父様にすごく似てる。

「そんなに見られると緊張してしまうな」

「あっ、すみません……！　あまりに悠くんに似ているのでつい……！」

　あんまり顔をまじまじと見るのは失礼だったかな。

　いきなり失敗したかもしれない。

　こんな調子じゃ先が思いやられちゃう……。

「それにしても瑠璃乃さんは着物が似合うのね。大人っぽくてとても素敵だわ」

「そ、そんなそんなっ。ありがとうございます……！」

　悠くんのお母様は、とても優しく話しかけてくれて、笑ったときの雰囲気に悠くんと同じものを感じる。

「これ瑠璃乃はひとりで着たんだよ」

　悠くんのご両親がとても驚いた様子で、お互い顔を見合わせたあと。

「それはすごいな。まだ高校生だっていうのに、自分で着付けができてしまうなんて」

「わたしは高校生の頃は自分で着付けなんてできなかったわ。すごいわね～」

「瑠璃乃はなんでも完璧にできる子だからねー。見た目も可愛い上に、性格も優しくて真っすぐでさ。あっ、でも少し抜けてるところもあるかな。そこも可愛くて仕方ないんだよね」

「驚いたな。悠がここまで夢中になっているとは。それだけ瑠璃乃さんは魅力的で素敵な子なんだな」

「誰かさんのせいで、無理やり見合いに連れて行かれそうになったところを助けてくれたのも瑠璃乃だしね」

「その件については本当に悪いと思ってる。悠の意見を聞かずに勝手なことをしてしまってすまなかった」

「まあ、その件があったおかげで瑠璃乃と出会えたっていうのもあるけどさ」

　悠くんと出会った頃が懐かしいなぁ。

　あのとき、わたしが悠くんに声をかけなかったら、こうして出会うことはなかっただろうし。

　そう考えたら、出会えたこと自体が奇跡的なのかな。

「しかし、そこで偶然出会った瑠璃乃さんがお前の運命の番だったとはな」

「俺も運命の番とかあんまり信じてなかったけど、瑠璃乃をひとめ見てこの子だって直感で思ったんだよね。俺の目に狂いはなかったよ。ここまで誰かを幸せにしたいと思ったのもはじめてだしね」

「それでメイドにも指名したというわけか」

「片時も俺のそばから離れてほしくないし」

　ご両親の前だっていうのに、やわらかくにこっと笑ってわたしのほうを見てる悠くん。

「こんなに真っすぐで明るくて、自分の意志をしっかり持ってる子はいないと思うんだよね。前はさ、自分の将来なんてどうでもいいとか思ってたけど、今は瑠璃乃との未来のためならなんだってできるし、瑠璃乃を守れるくらいに成長したいと思ってるよ」

「お前がそこまで強い思いを持っているということは本気なんだな」

「もちろん。ただひとつ伝えたいのは、俺が瑠璃乃を大切にしてるのは運命の番だからじゃない。瑠璃乃だからそばにいてほしいと思うし、これからもずっと俺の隣で笑顔でいてほしいって思ってる」

　悠くんは、こんなにわたしを想ってくれているんだ。

　強くはっきり伝えてくれて、言葉にも迷いがなくて。

　ここまで想ってもらえるなんて。

　わたしは悠くんに、そこまでの想いを返せているのかな。

「瑠璃乃が自分の周りの人を大切にしてる分、俺が瑠璃乃を大切にして一生かけてでも守りたいと思ってるよ」

　今でも充分すぎるくらい、悠くんに大切にしてもらってるのに。

　さっきから悠くんの伝えてくれる言葉に胸がすごくドキドキしてる。

　緊張してるときのドキドキとは全然違う。

　それに顔がなんだか熱いような感じもする。

「驚いたよ。それだけ瑠璃乃さんへの想いがたしかなものなんだな」

　恥ずかしくて、心がむずかゆい……っ。

　頬に触れると、やっぱりいつもより熱くて。

　うっ……わたし今ぜったい顔真っ赤だ。

「あーあ、瑠璃乃ダメでしょ。俺以外にそんな可愛い顔見せちゃ」

「へ……っ、きゃっ……」

　ご両親からわたしの顔を隠すように、悠くんが横からギュッと抱きしめてきた。

「悠がここまでヤキモチ焼きな子だとは思わなかったわ。瑠璃乃さんのことが好きで仕方ないのね」

「瑠璃乃の可愛い顔は、たとえ父さんや母さんでも見せたくないんだよねー」

　そ、そんな恥ずかしいことを……！

　ご両親の前でも悠くんはいつもと変わらず。

　それから料理が運ばれてきて、悠くんのご両親と話しながら食べ進めてると。

　さっきから悠くんの箸があまり進んでない。

　もしかして苦手な料理が出てきてる？

　悠くんは結構偏食なところがあるから。

「悠くん、好き嫌いはダメですよ」

「だって俺の嫌いなものばっかりだしさ」

「ちゃんと食べないと作ってくれた方に失礼です！」

　わたしたちのこのやり取りを見て、悠くんのご両親が顔を合わせて笑っていて。

「瑠璃乃さんはとてもしっかりしているのね。悠がこんなに他人に気を許してるところ、わたしでも見たことがないからびっくりよ」

「あぁ。いつもつまらなさそうにしていた悠が、今はとても穏やかな表情をしているな。それだけ瑠璃乃さんを気に入っているんだな」

「もちろん。気に入ってるどころか愛してるけどね」

　ま、またそんな心臓に悪いことをさらっと……！

「お前がここまでストレートに愛情を表現するなんて驚きだよ」

「そう？　まあ、瑠璃乃限定だけどね。さっさと高校卒業して瑠璃乃と結婚したくて仕方ないよ」

「お前はわたしに似て気が早いところがあるな。瑠璃乃さ

んのご両親にはきちんとご挨拶したのか？」

「いずれきちんと挨拶する予定だから」

　悠くんってば、ほんとに気が早いよ。

　たしかはじめて出会ったときもこんな話をしてたし。

＊　＊　＊

　それから2時間ほどで食事が終了。

　悠くんのご両親とたくさんお話しすることができて、時間はあっという間に過ぎていった。

「それじゃあ、わたしたちは次の予定があるから失礼するね。瑠璃乃さん、これからも悠のことよろしく頼むね」

「あっ、はいっ……！　今日はお忙しい中、お時間を作っていただきありがとうございました……！」

　悠くんのご両親が先に個室を出て、残されたわたしたちも迎えの車が来たら寮に帰る予定。

「はぁ……やっと帰れるね。早く瑠璃乃とふたりきりになりたいなぁ」

　なんだかお疲れ気味の悠くん。

「俺の両親の話し相手するの大変だったでしょ」

「全然そんなことないです！　悠くんのご両親とっても素敵な方で、お話しするの楽しかったです！」

「……そっか。そう言ってくれる瑠璃乃は優しいね」

「少し緊張してしまって、失礼なことしてなかったか今さら心配になってきました」

「父さんも母さんも瑠璃乃のこと気に入ってるよ」

「そ、そうでしょうか！」

「俺が瑠璃乃のこと気に入ってるアピールしすぎて、ふたりとも驚きっぱなしだったね」

「あれは悠くんがストレートすぎるんです」

　今日はいつもより増してたような気がするし。

「俺の瑠璃乃への想いは伝わった？」

　なんだか最近、悠くんにじっと見つめられると心臓がトクトク少し速い動きをする。

「つ、伝わりました。悠くんにこんなに想ってもらえて、わたしすごく幸せ者だなぁって」

「うん、じゃあもう俺と結婚するしかないよね」

「し、しません！」

「えー。もう俺の両親に挨拶すませたからいいじゃん。あとは瑠璃乃の両親に俺が挨拶するだけだもんね」

「話が進みすぎです！」

「瑠璃乃のご両親に認めてもらえるように、瑠璃乃にふさわしい男になるからさ」

「悠くんは今でも完璧なので、それ以上目指すところないですよ！」

　むしろ、わたしが悠くんにふさわしい女性になれるように成長しなきゃいけないんじゃ？

　メイドとして雇ってもらって、いつもこうして隣にいさせてもらってるわけだから。

「瑠璃乃にそう言ってもらえてうれしいなぁ」

　にこにこ笑って、本当にうれしそうなのが伝わってくる。

「あっ、そろそろ迎えの車来ちゃいますよね？」

「まだ大丈夫じゃない？　さっき連絡したばっかりだし」

　部屋を出るために、ふすまを開けると綺麗な庭園が広がってる。

　さっきまで緊張していたから、あまり見る余裕がなかったけれど。

「庭園すごく綺麗ですねっ」

　手入れが行き届いていて、この時期だと緑が綺麗だなぁ。

「少し散歩でもする？」

「えっ、いいんですか！」

　こうして庭園を少し散歩させてもらえることになって、部屋を出ると。

　少し奥の曲がり角で数人が話してるのが見える。

　すると、隣を歩いてる悠くんが急にピタッと足を止めて。

「うわー、じいちゃんも来てるとか聞いてないし」

「えっ、あそこにいるの悠くんのおじいさまなんですか？」

「ここで顔合わせたら面倒だから——瑠璃乃ちょっとこっちおいで」

　近くにあった小部屋のようなところに連れ込まれて、なぜか隠れることに。

　小部屋の中は薄暗くて、ものすごく狭い。

　悠くんにギュッてされて、身体がピタッと密着してる。

「じいちゃんたちがいなくなるまで少し辛抱ね」

　そう言われても……！

　悠くんの手の位置がいろいろ際どいような……！
　腰のあたりに手が添えられて、わたしが少しでも動い
ちゃったら。
「瑠璃乃？」
「ひゃっ……耳のそばダメ……です」
　甘くて低い声でささやかれると、身体が勝手に反応し
ちゃう。
「手の位置も……っ」
「どこがダメなの？」
「やっ……腰そんな撫でちゃ……っ」
　わざとイジワルな手つきで触れながら、耳たぶにキスを
したり甘噛みしたり。
「……もっと強くしたら瑠璃乃の身体どうなっちゃう？」
「っ……」
「腰撫でられただけで感じちゃったんだ？」
「ぅ……ちが……っ」
「ほんとかなぁ。こんなに敏感になってるのに」
「うっ……やぁ……」
　腰のラインをなぞるように撫でられてるせいでゾクゾク
しちゃう。
　狭い空間で身体が密着してるのもあって、悠くんの甘い
刺激から逃げられない。
「瑠璃乃が可愛い声で煽るから」
「へ……っ」
　悠くんの胸元に手を持っていかれて、身体に触れるとす

ごく熱い。

　それに薄暗い中でもわかるくらい……悠くんの瞳が色っぽく熱を持ってる。

「ま、まってください……っ。ここじゃ……」

「お互いこんな状態で戻れないでしょ」

「ぅ……でもっ……」

「瑠璃乃が抑えてよ——キスで」

　唇にグッと押しつけられたやわらかい感触。

　触れた瞬間、身体にあった熱が一気にあがって脚に力が入らなくなる。

「瑠璃乃も唇もっと押しつけて」

「んっ、まって……ぅ」

　キスしながら、触れる手を止めてくれない。

　身体が密着した状態で逃げ場のないキス。

「こんなところで感じちゃう瑠璃乃も可愛いね」

「うぁ……っ」

「ほら、もっとキスして触ってあげる」

　唇から首筋にキスが落ちて。

「はぁ……瑠璃乃のやわらかい肌たまんないね」

「そんなところ、や……っ、ぅ……」

　鎖骨のあたりからどんどん下に甘いキスが降ってくる。

　悠くんの唇が触れたところ、ぜんぶ熱を持ち始めて全然引いていかない。

「着物が少し乱れてるのってエロいよね」

「まって、ください……っ、手入れちゃ……ぅ」

116

　その直後、ガタッと少し大きめの音がして。

　わたしの手が近くにあった箱のようなものに触れてし
まって、それが崩れる音が大きく響いた。

「あら、この小部屋からいま何か音がしたような……」

「そう？　気のせいじゃないかしら？」

　ひぇ……外から女の人たちの声がする。

　もし今ここの扉を開けられたらまずい。

「今たしかに音がしたのよね。何かが落ちたのかしら」

　息をひそめてる間も、心臓がバクバク鳴ってる。

　さすがの悠くんも、ここでストップしてくれる……かと
思いきや。

「俺こっちのほうが興奮するかも」

「へ……っ」

「ほら瑠璃乃……声抑えてね」

「んぅ……ぁ」

　また唇を押しつけて、さっきよりも深く触れて。

「は、はるかくん……っ、もうやめ……」

　バレちゃいけないのに、声を我慢しなきゃいけないの
に……っ。

　悠くんの甘い刺激はちっとも止まらない。

「口あけて」

「ふぁ……っ、ぅ」

「ん、そういい子。ちゃんと声我慢してね」

　ほんのわずかにあいてる口から舌がゆっくり入って、口
の中かき乱して。

　甘くて深いキスにふわふわする。
「瑠璃乃はキスされながら太もも触られるの好きだもんね」
「やぁ……んっ」
「ほら可愛い声出た」
　内もものあたりを触れたり指先で軽く押したり。
「……バレちゃダメなんじゃないの？」
「ん……だって、はるかくんが……っ」
「俺がどうしたの？」
「んん……っ」
「きもちよくて可愛い声しか出ないね」
　キスの最中に漏れる吐息ですらも抑えられなくて。
　バレちゃいけないのに……ぜんぶ流されちゃいそう。
　極力音を立てないように、声を我慢して身を潜めてると。
「気のせいかしらね〜。あっ、次のお客様がいらっしゃる
から準備に取りかからないと」
「そうね〜。今は特に何も音はしていないし」
　ここから立ち去っていく足音がして、女の人たちの声も
遠くなっていくのがわかる。
　バレなくてホッとしたのもつかの間。
「まだ瑠璃乃の身体満足してないでしょ？」
「ふ……え……っ」
「俺もまだ全然満たされてないから──帰ってからたっぷ
り甘い続きしよっか」
　もちろん帰ってからは、言葉どおりずっとずっと離して
もらえず。

「ぅ……はるかく……んんっ」

「……まだへばっちゃダメだよ」

「ふぁ……っ、ぅ」

「もっと深く瑠璃乃のこと愛させて」

　悠くんの甘い刺激に惑わされてばかり。

甘すぎる独占欲。

　学園は夏休みに入って、夏真っ盛りの8月のこと。
「わぁ、海とっても綺麗ですねっ！」
　今日は悠くんと一緒に海に来ています。
　悠くんのご両親が特別に招待してくれて、海の近くにある悠くんの別荘（べっそう）に泊まることに。
「さすがに休み中だから人も多いねー」
「そうですねっ。早く海に入りたいです！」
「いったん別荘に荷物置いて、着替えてから海行こっか」
「はいっ」
　海から近くにあるとても大きな別荘。
　中に入って早々、玄関（げんかん）の広さにびっくり。
　それに、ほんのり木の香りがする。
　部屋の数も多くて、どこもとても広くて。
　しかもすごいのが、なんと外にプールまでついてる。
　おまけにバルコニーではバーベキューができたりもするみたい。
「こんなに素敵な別荘に招待してもらえて、悠くんのご両親に大感謝ですね……！　後日お礼をちゃんと伝えないと！」
「父さんも母さんも瑠璃乃のことすごく気に入ってるからねー。俺も今日瑠璃乃と一緒に来られてうれしいよ」
「こんなに部屋がたくさんあると、かくれんぼしたくなっ

ちゃいますね！」

「瑠璃乃とかくれんぼしたら俺すぐ見つけちゃうと思うなぁ」

「そう簡単にはいかないですよ！」

「俺を誰だと思ってるの？　瑠璃乃のことぜんぶお見通しなんだから瞬殺で見つけるよ」

　それくらい自信満々に言ってる。

　けど悠くんが相手だったら、ほんとにささっと見つかっちゃうかも。

「ところで瑠璃乃はどんな水着持ってきたの？」

「茜子ちゃんに選んでもらいました！」

　この前、茜子ちゃんと遊びに行ったときに海に行くって話をしたら、水着を選ぶのを手伝ってくれた。

　そのとき茜子ちゃんが「瑠璃乃はスタイルいいんだから、それを生かす水着にしないと」って言ってくれて。

　ぜんぶ茜子ちゃんチョイス。

「どんな水着か楽しみだねー」

「早速着替えてきますね！　早く海に行きたいですっ」

　こうして着替えをささっとすませて、ルンルン気分で海へ行く準備をすることに。

　茜子ちゃんが選んでくれたのは真っ白のオフショルダーになってる水着。

　胸のあたりにレースの素材が使われていて、下も真っ白のスカートタイプ。

　ちょっと可愛すぎるデザインのような気もするけど、茜

子ちゃんが似合ってるって褒めてくれたし。

　髪は上のほうでポニーテールにしてみた。

　すべて準備が終わったので、悠くんが待つ部屋へ。

「お待たせしました！　準備完了ですっ！」

「……え。はっ……？」

　わたしを見るなり悠くんがギョッと目を見開いて、口を
あけたままフリーズしてる。

　あれ……？　なんでこんなにびっくりしてるのかな。

「悠くん？」

「いや、待って。その水着どう考えてもアウトだよね」

　ため息をつきながら、頭を抱えてわたしがいるほうへ
やってきた。

　なんだかちょっと困ってる様子？

「そんなのほぼ下着姿と一緒じゃん」

「はっ……もしかして、わたしのスタイルが悪いから反対
してるとかですか？」

「いや、なんでそうなるの。俺ですら瑠璃乃のそんな大胆
な姿見たことないのに」

「やっぱり似合ってない……ですか？」

「いや、死ぬほど似合ってるんだけどさ。ってか、この可
愛さ独占できるの俺だけじゃないとダメ。他の男の目に映
したくない」

「選んでくれた茜子ちゃんに感謝ですねっ」

「可愛いのは容易に想像できたけどさ。これは想像以上の
可愛さだよね。ほんとに俺の心臓止まりそう」

　少し見上げて、悠くんの顔をじっと見つめると。

　また深いため息をついて。

「上目遣い可愛すぎて死ぬ……。やっぱり海行くのやめ
よ。ってか禁止」

「えぇ!?　どうしてですか?」

　海に入るの楽しみにしてたのに。

「瑠璃乃の水着姿が可愛すぎるから無理。こんなの他の男
に見せるわけにはいかない」

「海入りたいです」

「じゃあ、瑠璃乃のためにプライベートビーチ用意するか
らさ。今日はやめよ?」

「今日がいいですっ。悠くんと海に行けるの楽しみにして
たんです」

「いや、だってみんな瑠璃乃に釘付けになるじゃん」

「誰もそんなにわたしのこと見ないと思いますよ?」

「瑠璃乃は自覚がなさすぎるんだよね。自分の可愛さがも
はや凶器になってること自覚してないから困ったね」

　いつもの悠くんなら、わたしのお願いを聞いてくれない
ことはないのに。

　今日はなかなか折れてくれなさそう。

「海、ダメ……ですか?」

「待って。そんな可愛いおねだりの仕方どこで覚えてきた
の?」

「海入りたいです……っ。やっぱりダメ、ですか?」

「はぁ……俺が瑠璃乃にねだられたら断れないのわかって

るでしょ」

「一生のお願いです……っ」

「何その可愛すぎる一生のお願い……」

　やっと悠くんが折れてくれそう。

　でも、まだ渋ってる様子で。

「上に羽織るものとかないの？」

「茜子ちゃんに必要ないって言われたので買ってないです」

「なんでそこ従順なの。隠すために買っておいてよ」

　すると悠くんが上に着ていたものを、わたしに着せてくれた。

「それぜったい脱いじゃダメね。あと、俺のそばから離れないこと約束して」

「じゃあ、海に連れて行ってくれるんですねっ」

「瑠璃乃におねだりされたら仕方ないでしょ」

　こうして悠くんと一緒に別荘を出て海へ。

　お天気もいいし、絶好の海日和だぁ！

　ルンルン気分のわたしと、なぜか周りを警戒して怖い顔をしてる悠くん。

　歩いてると、さっきからすれ違う女の子みんな悠くんのこと二度見してる。

「見て、あの男の子めちゃくちゃかっこよくない!?」

「ほんとだ！　隣にいる子って彼女かなぁ？」

「そりゃそうでしょ！　いいなぁ、あんなイケメンの隣歩いてみたい〜！」

　す、すごい注目浴びてる。

　やっぱり悠くんはかっこいいから、どこ行っても目立っちゃうんだなぁ。

「わぁ、近くで見るともっと綺麗ですねっ！　海の水が透けてます！」

「ほら、もう充分すぎるくらい海を満喫できたよね。早く帰ろっか」

「まだ海に入ってないです！」

「足だけでも入ってるでしょ」

「ちゃんと中に入りたいです。あっ、あそこで浮き輪も借りられるみたいですよっ」

「待って、瑠璃乃。はしゃぐのはいいけど、俺のそばから離れないで」

　ほんとは海の家で浮き輪を借りたかったんだけど、悠くんが抱っこしてあげるって言うから。

　海に入るときは、さすがに羽織は脱がなくちゃいけないよね。

「はぁぁぁ……なんで瑠璃乃はそんな可愛いの」

　悠くんに手を引かれて、いざ海の中へ。

「冷たくてきもちいいですっ」

　何やら少し周りが騒がしくて見渡すと。

　少し離れたところから、女の子たちが悠くんのことを見てるのがわかる。

　悠くんまた女の子たちの視線集めてるなぁ。

　さっき砂浜を歩いていたときも、ほとんどの女の子がみんな悠くんのことを見てたし。

　悠くんはかっこいいから、モテちゃうのはしょうがない。

　あれ……なんだろう？

　胸のあたりがもやっとしてる。

　悠くんが女の子の注目を集めちゃうのは今に始まったことじゃないのに。

「瑠璃乃？　どうしたの、楽しくない？」

「え、あっ……いや、悠くんモテモテだなぁって。女の子たちの視線が釘付けです」

「そう？　その言葉そっくりそのまま瑠璃乃に返すよ」

「わたしは全然ですよ」

「俺の視線はいつも瑠璃乃に釘付けだけどね」

　言葉どおり、他の女の子のほうは見向きもせずにわたしをじっと見つめてる。

　わたしを見るときの悠くんは、いつもとても優しく笑ってくれる。

「俺は瑠璃乃のことしか見てないよ」

「っ……」

　心臓がキュッて変な動きをしてドクドク速く音が鳴ってる。

「たくさん寄せられる好意よりも、たったひとり──瑠璃乃だけが俺のこと見てくれたらそれでいいよ」

　さっきまであったモヤモヤが、悠くんの言葉でふわっと消えていって。

　残ったのは、胸のドキドキだけ。

　気づいたら、悠くんのことでいっぱいになってる。

　つながれてる手をわずかな力でギュッと握ると。

　それに応えるように、ちゃんと強く握り返してくれる。

　手から伝わってくる体温にもドキドキ。

　悠くんがグイグイ手を引いて結構深いところまで来た。

　これ以上は足がつかないかも。

　悠くんの手を引っ張ると。

「おいで。俺が抱っこしてあげる」

「重いかもです」

「どこが重いの。こんな細いのに」

「ひゃっ……お腹触っちゃダメ、です……っ」

「こんな大胆なの着てる瑠璃乃が悪いんだよ？」

　わたしを軽々と抱っこしてさらに深いほうへ。

「わわっ、あとちょっとで肩まで浸かっちゃいそうです」

「いま俺が瑠璃乃のこと離したらどうなるかな」

「えっ、ダメですよ!?　わたし溺れちゃいます!!」

　ぜったい離れないように、悠くんの首筋にさらにギュッと抱きつくと。

「いつもと違って肌が直接密着してるのいいね」

　悠くんの髪が少し濡れてて、いつもより色っぽく見えちゃう。

　触れてる体温と、いつもと違う悠くんに心臓がバクバク。

　身体がくっついてるから、心臓の音が伝わっちゃいそう。

「瑠璃乃の心臓の音すごく聞こえるなぁ」

「ひぇ……そんなくっついちゃ、やっ……です」

　もっとギュッてしながら、わたしの胸のあたりに顔を埋

めてる。

「まだドキドキする？」

「ぅ……だって、悠くん近い……ですもん」

「ほんと可愛いなぁ……。いつももっと恥ずかしいことしてるのに」

　イタズラな笑みを浮かべて、ちっとも離れてくれない。

「ねー、瑠璃乃。今キスしちゃダメ？」

「みんな見てるのでダメ、です」

　人差し指で唇の前にバッテンマークを作ると。

　悠くんはちょっと不満そうな顔をする。

「ふたりっきりになるまでおあずけ？」

　コクッとうなずくと。

「そっかぁ。瑠璃乃は焦らしプレイが好きなんだねー」

「じ、焦らし……!?」

「そうやって俺のこと煽るんだ？」

「煽ってないですよ！　うちわ持ってないです！」

「ふっ……そういう意味じゃないんだけどなぁ」

「え、あっ、え？」

「とりあえず今はここで我慢しておくね」

「っ……！」

　頬に触れるキスをされて、また心臓がドキドキ大忙し。

＊　＊　＊

　休憩をするために、海の家でパラソルを借りることに。

「喉渇いたねー。何か買ってこようか」

「あっ、じゃあわたし買いに行ってきます！」

「俺が行くからいいよ」

「ダメです！　悠くんはご主人様なので買いに行かせるわけにはいきません！」

「いやいや、瑠璃乃をひとりで行かせるほうが心配──」

「大丈夫です！　ほら、海の家はすぐそこですし！　悠くん疲れてると思うのでゆっくりしててください！」

　心配する悠くんを押し切って、ひとりで海の家へ。

　飲み物もいいけど、かき氷もいいなぁ。

　あっ、でもすぐに溶けちゃうかな。

　何を買おうか迷ってると。

　ふと背後に誰かが立ったような気がして、振り返ると。

「おっ、やっぱりめちゃくちゃ可愛いじゃん！」

「こんな可愛い子がひとりでいるとか声かけるしかないよな～」

　高校生くらいの男の子ふたり組。

　もしかして、この人たちもここで何か買いたいのかな。

「あっ、ごめんなさい！　わたしがここにいたら邪魔ですよね！」

「ううん、全然。ってか、よかったらこのあと俺たちと遊ばない？」

「好きなものなんでも奢るからさ！」

「えっと、人を待たせているので！」

「えー、それってお友達とか？　それなら、その子も誘っ

て俺たちと一緒に遊ぼうよ～」

　断ったけど、なかなか引き下がってくれないし、手をつかまれてしまった。

　それに、ニヤニヤ笑ってじっと見てくるのが、なんだか気持ち悪く感じる。

「あの、離してください……っ」

「俺たちなんも怖くないよ？　ほら優しいことしかしないからさ？」

「そうそう。そんな怖がらなくていいからね～」

　手をふにふに触られたり、頬を少し触られたり。

「うわ～、可愛い～。手もほっぺもやわらかいね～」

　やだ……やだ……っ。

　触れてくる手つきに耐えられなくて、身体が拒絶してる。

　それに、じっと見られたりするのも、すごく嫌だ。

「俺たちと愉しいことしよー。ね？」

「や……っ、です」

　怖くてちょっと手も震えて、瞳に涙がたまって視界がぼやぼやしてる。

「うわ～、ちょっと瞳がうるうるしてんのも可愛い～」

「お前こんなとこで興奮すんなよ」

　悠くんに触れられるときと全然違う。

　振りほどきたいのに、つかんでくる力が強くて全然かなわない。

　悠くん以外の男の子がこんなに怖いなんて知らない。

　ギュッと目をつぶって、もう一度つかんでくる手を振り

払おうとしたとき——。

「……ほらやっぱり。俺の瑠璃乃は可愛いからほんと困っちゃうね」

　安心する声が耳に届いて……あっという間に悠くんの温もりに包み込まれた。

「俺の彼女に何か用ですか？　ってか、その手離してもらえません？　気安く触らないでほしいんですけど」

　悠くんすごく怒ってる……？

　顔はかろうじて笑ってるけど、瞳は冷たく鋭く相手のふたりを睨んでる。

「今すぐ俺たちの前から消えてもらえません？　俺いま彼女が泣いてる顔見てものすごく腹が立ってるんで、何するかわかんないですけど」

「え、あっ、なんだ彼氏と来てたんだ！」

「そりゃ、こんな可愛かったらそうだよなっ。すみません、失礼しました!!」

　さっきまでなかなか引いてくれなかったのに、悠くんが少し強めに言ったらふたり組はあっさり退散。

「怖かったね。俺が来たからもう大丈夫だよ」

「ぅ……怖かった……です」

「だから俺の言ったとおりだったでしょ？　瑠璃乃をひとりにするのは心配だって」

　今こうして悠くんに抱きしめられるのは安心する。

　さっきの男の人たちに触れられたときは、気持ち悪く感じて身体の熱がぜんぶ引いちゃって。

でも……悠くんはそんなことない。

むしろ、ちょっと熱くなる。

「俺の瑠璃乃をこんな怖がらせるなんて……。やっぱりあの場で相手の男たち少し痛めつけるべきだったね」

悠くんの声が、いつもより低くて怒ってる。

わたしを怖がらせないように、最小限で抑えてるみたいだけど。

「ってか、顔しっかり覚えてるから。身元特定して社会的に抹殺してやろうかな」

「そ、そこまでしなくても……」

「俺の瑠璃乃を泣かせたんだから、それなりの覚悟は必要でしょ。命があるだけ感謝してほしいくらいだけどね」

たまに、悠くんは優しい笑顔でとても物騒なことを言う。

それはぜんぶ、わたしに何かあったときに限る。

「いったん別荘に帰ろっか。そっちのほうが落ち着くでしょ」

こうして別荘に戻ることに。

少ししてから気分も落ち着いた。

「あんまり海に入れなかったです……」

ほんとは飲み物を買って、少し休憩してからまた海に入る予定だったのに。

「んじゃ、ここについてるプール入る？　海よりは少し狭いかもしれないけど」

「いいんですかっ……？」

「もちろん。瑠璃乃が入りたいなら俺も付き合うよ」

　さっき別荘の中を探索したときにちらっと見ただけでも、かなり大きなプールだった。

「意外と深いから気をつけて」

「ひゃ……っ！」

「あぁ、ほらほんと瑠璃乃は危なっかしいから目が離せないね」

　水が少し冷たいのと、悠くんが言った通り意外と深くてびっくり。

「俺がずっと抱っこしててあげる」

「ぅ……また近いですね」

「いいじゃん。さっきの海と違って俺たちふたりだけなんだし」

　海にいたときは、周りの声が聞こえたけど。

　今聞こえるのは水が少し跳ねる音くらい。

「悠くん腕痛くないですか？」

「全然。ってか、俺の心配なんかしなくていいよ？」

　さっきからわたしのこと抱っこしてばかりで、疲れてないか心配。

「腕が折れちゃったら大変です」

「俺そこまで弱くないけどなぁ」

「でも……」

「俺が瑠璃乃に触れたいからいいの」

　水の中にいるから、身体の熱は引いてるはずなのに。

　悠くんに触れられると、ちょっとずつ熱くなって心臓もドキドキする。

　ふたりで見つめ合うこの瞬間も……ただ見つめ合ってる
だけなのに、どうしようもなく触れたい衝動が少しずつ出
てきて。

　唇が触れそうになるところでピタッと止まった。

「嫌じゃない？　俺に触れられるの」

「どうして、ですか？」

「さっき怖い思いしたでしょ」

　わたしがおびえてたから気にしてくれてるんだ。

　悠くん以外の男の子に触れられるのは、たしかに怖くて
嫌だったけど。

「悠くんになら触れてほしい、です」

「っ……、ちょっ。今のずるくない……？」

「……？」

「じゃあ、たくさん瑠璃乃に触れさせて」

「んっ……」

「……我慢しない。キス……たくさんしよ」

　甘くて優しいキス。

　唇が触れた瞬間、意識が悠くんに集中しちゃう。

　触れてる唇も密着してる肌もぜんぶ……熱くて溶けちゃ
いそう。

「ここは俺たちしかいないから──好きなだけ甘い声出し
ていいよ」

　ちょっと手を動かすと、水がパシャッと跳ねた。

　その音すらも気にならなくなるくらい──悠くんでいっ
ぱい。

＊　＊　＊

　夕食を終えたあと、悠くんがあるものを持ってきた。
「これそこの庭でやる？」
「わぁ、花火ですかっ！　やりたいです！」
　手持ち花火なんて小学校の頃以来だなぁ。
　ロウソクに火をつけて、花火の先端を火に近づけると。
「わわっ、鮮やかですねっ」
　色とりどりの光がパッと飛び散ってとても綺麗。
　小学校の頃、手持ち花火を振り回して走り回ってたなぁ。
　その頃を思い出すように、手に持ってる花火をブンブン
回して少し走ってると。
「瑠璃乃のそういう無邪気なところも好きだなぁ」
「え、あっ、え？」
　好きって2文字に過剰に反応しちゃって、心臓がドキッ
とした。
「やっぱり俺が瑠璃乃に惹かれるのは必然だったのかな」
　隣でしゃがみ込んでる悠くんは花火の光を見ながら、何
かを思い出すように。
「俺の何もない世界に瑠璃乃はすごく輝いて見えたよ」
「……え？」
「それにさ、こうして一緒に過ごしていく時間が増えて、
俺がどんどん瑠璃乃の魅力に惹かれてるの気づいてる？」
　花火に向けられていた視線が、気づいたらわたしのほう
に向いていた。

「ねぇ、瑠璃乃はどうしたら俺のことだけ考えてくれる？」

　鮮やかな花火の光がポッと消えた。

　薄暗い中でも、悠くんの顔が間近にあるのがわかる。

「俺はこんなに瑠璃乃でいっぱいなのに」

　わたしの気持ちの中で起きてる変化。

　今日あらためてわかったのは、悠くん以外の男の子に触れられるのは嫌で。

　悠くんに触れられると、身体が熱くなって心臓もドキドキしちゃう。

　これは悠くんが運命の番だから、本能がただ求めてるだけ？　それとも——。

「わたしも……悠くんのことでいっぱい……です」

「……え？」

「最近ずっと悠くんのことばかり考えてて。今も悠くんのことで頭がいっぱいです」

「っ……、何それずるいよ。不意打ちにそんなの伝えてくるなんて」

　悠くんはこんなに想いを伝えてくれるけど、少し不安に思うこともある。

　だって、悠くんは女の子にすごくモテるから、わたしじゃなくても素敵な子はたくさんいるわけで。

　悠くんがわたしのそばにいてくれるのは、ただ運命の番として出会ったからっていう理由があるだけで。

　もし、わたしじゃない子を好きになったら……？

　今わたしに向けてくれる言葉も優しさも——ぜんぶその

子に向けちゃうの……？

「……そんなの、やだ……」

「瑠璃乃？　どうしたの？」

　あっ……わたし無意識に口にしてた……？

　悠くんを他の子に取られちゃうって想像したら、やだって気持ちが真っ先に出てきた。

　わたしが欲張りなのかな。

　今までこんな気持ちになったことなくて、うまく処理できなくて戸惑ってる自分がいる。

　今は悠くんが、こんなに近くにいるけれど。

　もし、悠くんの気持ちがわたし以外の女の子に移っちゃったら。

　わたしはそばにいられなくなるの……？

　そんなのやっぱりやだ……。

「はるか、くん……」

「ん？」

　わたしを見つめるこの優しい瞳も、わたしだけに向けられたらいいのに。

　悠くんをこんなふうに独占できるの……これからもずっとわたしだけがいいって思っちゃうのは、やっぱり欲張りなのかな……？

　いろんな気持ちがぐちゃぐちゃ混ざり合って……。

　気づいたら、悠くんの唇に自分のをそっと重ねてた。

「……え。るり、の……？」

　悠くんは何が起きたのかわからず、目を開けたまま固

まってる。

「悠くんに触れ……たくて……」

「っ、……ほんとずるい。どこまで俺のこと翻弄したら気がすむの？」

「キス、嫌でしたか……っ？」

「嫌なわけないでしょ。いつも俺のほうから求めてばっかりだったのに瑠璃乃からしてくれるなんて」

　今度は悠くんからキス。

　軽く触れる程度で、ゆっくり離れていって。

　間近で視線が絡んだまま。

「……俺期待しちゃうよ」

「っ……？」

「瑠璃乃の気持ちが少しずつ俺のほうに向いてきてるんじゃないかって」

　悠くんにドキドキするのは、本能が求めてるんじゃなくて──悠くんのこと好きだから……なのかもしれない。

第 3 章

楓都くんと美楓ちゃん。

　夏休みが明けた9月の上旬。

「あれ、瑠璃乃？　今日はアルファクラスに行かなくていいの？」

　お昼休み、珍しく教室にいるわたしに茜子ちゃんが声をかけてくれた。

「あっ、悠くん今日お休みで」

「へー、そうなのね。じゃあ、よかったら一緒にお昼食べない？」

「うんっ。茜子ちゃんと一緒にお昼食べるの久しぶりだねっ」

「そうねー。いつも瑠璃乃は碧咲くんのところに呼ばれてるから、こうして瑠璃乃とお昼食べられるのは貴重ね」

　今日、悠くんは外せない会食があるので授業を休んでる。

　会食が終わるのはたしか夕方だったかな。

「碧咲くんも大変よねー。こんな可愛い瑠璃乃が四六時中そばにいるなんて。それに瑠璃乃が身の回りのお世話までしてくれるとか、どれだけ幸せ者なのよ」

「わたしいつもドジばっかりしてるよ？」

「瑠璃乃はしっかりしてるのに、たまに抜けてるところあるものね。まあ、そこがまた可愛いのよね」

「わたしより可愛い子はたくさんいるよ！」

「瑠璃乃は無自覚だから困ったものねー。ところで、今日

碧咲くんは会食か何か？」

「うんっ。最近またご両親が日本に帰ってきてるみたいで、今日はお父さんと会食かな」

「お金持ちの世界はすごいのね」

「この前パーティーにも参加させてもらったんだけど、キラキラした世界すぎてわたしにはまぶしくて！」

　つい最近、歩璃くんのお父さんが主催してるパーティーに招待してもらった。

　なんと、歩璃くんはこの学園の理事長の息子さんだったらしい。

　パーティー当日は、悠くんも一緒に参加の予定だったんだけど、急用が入ってしまってわたしひとりが先に会場に行くことに。

　正直ひとりで大丈夫か不安だったけれど、歩璃くんも会場に来ていて、わたしのことを気にかけてくれていた。

　そのとき歩璃くんと一緒にいた女の子……桜瀬恋桃ちゃんだったかな。

　前に歩璃くんが寮に来たときに話していた大切な女の子が恋桃ちゃんなんだろうなぁって。

　恋桃ちゃんは、見た目がふわふわしていて、とっても可愛らしい容姿だったなぁ。

　恋桃ちゃんを見る歩璃くんの瞳がとても優しそうで、すごく愛おしいって顔に思いっきり出てたし。

　また恋桃ちゃんと話せる機会があったらいいなぁ。

「わたしあのパーティー会場でぜったい浮いてたと思う！」

「どこがよー。ばっちり馴染（なじ）んでるでしょうが。瑠璃乃は可愛い上に品もあるからドレスも似合うでしょうね。どこかの財閥（ざいばつ）の令嬢（れいじょう）に間違われてもおかしくないわね」

「それは褒めすぎだよ！」

「それくらい瑠璃乃は素敵な女の子ってことよ」

＊　＊　＊

　授業が終わって時間を確認すると夕方の４時前。

　予定だともうすぐ会食が終わる頃かな。

　ほんとは寮で待ってるつもりだったけど。

　迎えに行くのは迷惑かな。

　早く悠くんの顔が見たくて、声が聞きたいなぁって。

　最近無性（むしょう）に悠くんのそばにいたい気持ちが増してる。

　会食のホテルの場所は聞いてるから、今から向かえばちょうど会えるかな。

　悠くんには連絡せずにタクシーで向かうことに。

　なんでかな。

　１日悠くんの顔を見てないだけで、すごく会いたい気持ちになるのは。

　１秒でも早く会いたいな……。

　そんなことを考えていたら、タクシーがホテルに到着。

　中に入って、エレベーターに乗って目的の階へ。

　たしか15階のフロアのレストランのはずなんだけど。

　ひとりキョロキョロ周りを見渡してると。

　タイミングよくレストランからスーツ姿の悠くんが出て
きた。
「悠くん……！」
　会えたことがうれしくて声をかけると、悠くんはびっく
りしてる様子。
「え、なんで瑠璃乃がここに？」
「悠くんに会いたくて来ちゃいました」
「え……？　俺に会いたくて？　……待って。いま俺の心
臓変な動きした」
「いきなり来ちゃって迷惑でしたか？」
「いやいや、迷惑なわけないでしょ。瑠璃乃から会いにき
てくれるとか幸せすぎる……疲れぜんぶ吹き飛んだ」
「そ、そんなにですか？」
「瑠璃乃に会いたすぎてついに幻覚見てるのかと思った」
　悠くんがうれしそうにしてくれるから、わたしまで自然
と笑顔になる。
「じゃあ、このまま一緒に帰ろっか」
「はいっ」
　悠くんと手をつなごうとした瞬間──。
「あれ、もしかして悠くん!?」
　可愛らしい女の子の声が聞こえたと同時に、後ろを振り
返ったら。
「やっぱり悠くんだぁ！」
　小柄な女の子が小走りで駆け寄ってきて、悠くんに
ギュッと抱きついた。

「こんなところで会えちゃうなんてうれしいっ！　今日は
お父様と会食？」

「なんで美楓がここにいるの」

　悠くんは少し戸惑ってる様子。

　いま下の名前で呼んだ……よね。

　女の子も悠くんのこと親しそうに呼んでたし。

「さっきまでパパと一緒にショッピングしててね！　わた
しが疲れちゃったから、ここのカフェでお茶してたのっ」

「んじゃ、早く戻らないとお父さん心配するんじゃない？」

「それがね、パパってば美楓のこと置いてどこかに行っ
ちゃったの！　さっき仕事の電話が入ったみたいで！　だ
から今わたしひとりでお迎え待ってるの！」

　お人形さんみたいな、とっても可愛らしい女の子。

　笑顔に愛嬌があって、瞳はとても大きいし、真っ黒の艶
のある髪はふわっと軽く巻かれていて。

　薄いピンクのロングワンピースに、白のカチューシャが
可愛い雰囲気に合ってる。

　見た感じ少し年下くらいかな。

「ひとりで待ってるところに悠くんが来てくれるなんて！
もしかして美楓のことお屋敷まで送ってくれるのっ？」

「美楓は相変わらずひとりで突っ走っていくねー。残念な
がら美楓のご期待には沿えないよ」

「ここで会えちゃったの運命かもしれないよっ！　ほら、
近くに式場もあるんだよ〜？」

「いやいや、運命じゃなくて偶然ね。ってか、美楓はその

抱きつき癖どうにかしたほうがいいよ」

「えぇ、どうしてっ？　悠くんのこと好きだからギュッて
したいのに！」

　そっか。美楓ちゃんは悠くんのことが好きなんだ。

　こんなストレートに本人に伝えちゃうのすごい。

　それに、こんなに可愛い子に好きだなんて言われたらう
れしい……よね。

　なんでだろう、ふたりを見てると胸のあたりがモヤモヤ
する。

「俺も好きな子いるから美楓の気持ちわからなくもないけ
どさー」

「好きな子??　それって美楓のことじゃないのっ？」

「違う。俺が好きなのは瑠璃乃ね」

　悠くんがわたしを見た瞬間、美楓ちゃんの目線もこっち
に向いた。

「前に話したでしょ。俺は瑠璃乃をメイドにしたから、美
楓のことはメイドにできないって」

　どうしよう。

　美楓ちゃんからしたら、わたしのことあんまりよく思わ
ないよね。

　だって、悠くんのこと好きなわけだし。

　すると美楓ちゃんが悠くんから離れて、わたしのほうに
来た。

　大きな瞳で、わたしの首元をじっと見てる。

「わぁ、いいなぁ。悠くんのピアスと同じのだ〜」

「へ……？」

「つい羨ましくて見ちゃいましたっ！　ご挨拶遅れてすみません！　わたし玖華美楓っていいます！」

「あ、えぇっと、杠葉瑠璃乃です」

「おいくつですかっ？」

「今年18歳になります」

「わぁ、わたしよりふたつも年上なんですね！　じゃあ、悠くんと同い年だっ！　悠くんからメイドに指名されてるし、その制服を着てるってことは、瑠璃乃さんも天彩学園に通ってるんですよねっ？」

　今の言い方的に、もしかして美楓ちゃんも──。

「わたしも今年から天彩学園に通ってるんですっ！」

　あっ、やっぱり。

　美楓ちゃんも同じ学園だったんだ。

「わたしが天彩学園に入学した目的は悠くんのメイドになるためで、一般クラスを希望したんです！」

　まさか、こんな明るく接してもらえると思わなくてちょっと拍子抜け。

「悠くんは瑠璃乃さんみたいな大人っぽい人が好きなのっ？」

「いや違う。瑠璃乃だから好きになったんだよ」

「じゃあ、わたしも瑠璃乃さん目指して美人になるっ！」

「なんでそうなるの。美楓ってほんと昔からポジティブだよねー」

　昔から……ということは、悠くんと美楓ちゃんは付き合

いが長いのかな。

　どういう関係かは聞いてないけど、少なくともわたしより美楓ちゃんのほうが悠くんと過ごしてる時間は長い気がする。

　あっ……またた。

　胸のあたりがもやっとして、気分が落ちていっちゃう。

　美楓ちゃんみたいな子からこんなにアピールされたら、好きになってもおかしくないよね。

　胸がモヤモヤに支配されて、うまく笑えない。

　どんより重たくて暗い気持ちになってしまうのはどうして……？

「ってか、美楓の迎えはまだなの？」

「んー、もうすぐ——あっ、お兄ちゃんこっちこっち！」

「はぁ……なんで急にこんなところに呼びつけるの。僕は美楓みたいに暇じゃないんだけど」

　わたしたちの前に現れた男の子を見てびっくり。

　相手の男の子も、美楓ちゃんを見たあとわたしを見てびっくりしてる。

「あっ、この前の……」

　なんとびっくり。

　少し前に誘拐されかけていた男の子ではないですか。

「わー、まさかこんなところでまた会えるなんて」

　こんな偶然ほんとにあるんだ。

　もう会うことはないと思ってたのに。

「こんなかたちで再会できるなんて、これって僕たち運命

の赤い糸で結ばれてますよね？」

　にこにこ笑顔でわたしの手を握ってきて、さらに。

「あらためてきちんと挨拶させてください。僕は玖華楓都っていいます。こっちは双子の妹の美楓です」

　えっ、あっ、美楓ちゃんのお兄さんだったの？

　しかも双子なの？

　どうりで、顔が似てるとは思ったけど。

「今回こそは名前教えてもらえますか？」

「あ、えっと、杠葉瑠璃乃です」

「おいくつですか？」

「こ、今年18歳になります」

　これさっきも美楓ちゃんと同じ会話をしたような。

　すると、すぐさま悠くんが話に入ってきて。

「ちょっと待って。これいったい何がどうなってるの？」

　楓都くんからわたしを引き離すように抱き寄せてきた。

「僕もなんで悠くんがここにいるのか疑問だなぁ。それに、瑠璃乃さんが首にしてるやつ……悠くんのメイドってことだよね？」

　楓都くんがあらためて、わたしの首元を見てそう言った。

「瑠璃乃は俺のメイドでもあるし、俺の運命の番でもあるからね」

「えっ、そうなの？　僕と瑠璃乃さんも運命的な出会いだったんだけどな」

「ってか、楓都その手離しなよ。俺の瑠璃乃に気安く触らないでくれる？」

「わぁ、嫉妬全開だ？」

「当たり前でしょ。とくに楓都は警戒しないと危険だから」

「さすが悠くん、よくわかってるなぁ。今回は悠くんに先を越されちゃったわけかー。ほんとは瑠璃乃さんは僕のメイドになってもらいたかったのに」

　前に出会ったときには気づかなかったけれど……楓都くんの耳元にキラッと光る——アルファクラスの生徒にしか与えられないピアスが見えた。

　綺麗なライトブルーの宝石のピアス。

　ということは、楓都くんも天彩学園の生徒ってこと？

「僕としたことが、この前は急いでたし服に隠れて首元のチョーカーには気づかなかったなぁ」

「楓都と瑠璃乃がどういうきっかけで出会ったかは知らないけど。瑠璃乃に気があるなら、早く諦めて身を引くほうが賢い選択だと思うけどね」

「なになにっ!?　いったいどういう展開になってるの!?」

　ずっと黙っていた美楓ちゃんが、興味津々って感じで瞳をキラキラさせてる。

「ねぇ、美楓。僕たち大変なことになっちゃったよ？」

「大変なことって何!?」

「美楓は悠くんのことが好きで、僕は瑠璃乃さんのことが好きで。僕たちどっちも片想い状態だね」

「楓都は瑠璃乃さんのことが好きなの!?」

「うん、ひとめ惚れした」

「もしかして、この前話してた楓都を助けてくれた女の人

が瑠璃乃さんってこと!?」

「そうそう。ほんとはもっと早く瑠璃乃さんのこと調べて迎えに行く予定だったんだけどさ。どうやら悠くんに先越されちゃったみたい」

「それじゃあ、わたしと楓都の恋は叶わないの!?」

「それはどうかな。僕は身を引く気はないし？　だってまだ瑠璃乃さんに僕のこと知ってもらえてないしさ」

「じゃあ、美楓も悠くんに好きになってもらえるように頑張っちゃうっ!」

　なんだか話がものすごい方向に進み始めてる……？

「ねー、悠くん。さっさと美楓のことお嫁さんにしてあげてよ。ついでにメイドにして、瑠璃乃さんを手離してくれたらうれしいな？」

「楓都は相変わらずぶっ飛んだこと言うねー。俺は瑠璃乃のことに関してはいっさい譲る気ないし。楓都のほうこそ身を引けって俺さっき言ったよね？」

「んー、僕も譲れないなぁ。だったら奪いにいくしかないか」

「楓都にはぜったい渡さない。ってか、俺は一生瑠璃乃のこと手離す気ないから」

　そう言うと、悠くんはわたしの手を引いてふたりの前をあとにした。

　それからすぐに迎えの車で寮に帰ってきた。

「……もうさ、これどうなってるの。なんでよりにもよって楓都が瑠璃乃のこと好きになってるの」

　悠くんがため息をついて、頭を抱えちゃってる。

「じつは、少し前に楓都くんが連れ去られそうなところに
遭遇してしまって。悠くんと出会ったときと状況がほぼ一
緒で、助けてあげなきゃと思って声をかけたんです」

「はぁぁぁ……いや、それで瑠璃乃に惚れちゃう気持ちは
わかるけどさ」

「惚れちゃったかどうかはわからないですけど」

「いや、楓都のやつ完全に瑠璃乃に惚れてます宣言してた
じゃん」

　悠くんが深くため息をついて、ちょっと強引にわたしを
抱きしめてきた。

「そういえば、楓都くんも悠くんと同じかたちのピアスし
てましたよね？　宝石は違いましたけど」

「あー、だって楓都も俺と同じでアルファクラスに選ばれ
てる生徒だからね」

　ということは、楓都くんも悠くんと同じように学力も家
柄もすべてにおいて完璧な男の子ってことかな。

「楓都は昔から自分が欲しいものはどんな手段を使ってで
も手に入れるような性格だからさ。瑠璃乃のこと奪いにく
るのは必然だよね」

　さっきから楓都くんのことばかり気にしてるけど。

　わたしは悠くんと美楓ちゃんの関係のほうが気になる。

「美楓ちゃんも悠くんのこと好き……なんですね」

「昔からあんな感じだからねー」

　話を聞くと、悠くんと美楓ちゃんたちは家同士で付き合
いがあって。

　美楓ちゃんのお父さんも会社を経営していて、悠くんの
お父さんの会社と長くお付き合いがあるみたい。

「まあ、家族でよく会って食事したりするくらいだけど」

「でも、美楓ちゃんは悠くんに真っすぐ気持ちを伝えてま
したよ」

「俺は瑠璃乃にしか興味ないから、美楓の気持ちには応え
られないって伝えてるんだけどね」

　あんなに真っすぐ想いを伝えてくれる子、そんなにいな
いのに。

　わたしが持っていないものを、美楓ちゃんはたくさん
持ってる気がする。

　それと……悠くんと付き合いが長いみたいだから、わた
しよりも悠くんのことを知ってるんじゃないかって。

　わたしは悠くんと出会って数ヶ月で、まだまだ知らない
ことのほうが多いはず。

　その差が少し虚しく感じてしまうのはなんでかな……。

　美楓ちゃんいい子だったし、悠くんと隣に並んでもお似
合いだったから。

　わたしよりも、悠くんの隣にいるのは美楓ちゃんみたい
な子がいいんじゃないかって。

　あぁ……どうしよう。

　またモヤモヤが復活してる。

「瑠璃乃？　どうしたの、そんな暗い顔して」

「……えっ？」

　あっ……わたし今そんなに暗い顔してるんだ。

「何か不安なことある？」

　これって不安……なのかな。

　美楓ちゃんみたいな素敵な子に、悠くんの気持ちが動いちゃったらって……そこが不安なのかな。

　でも、悠くんの気持ちはわたしのものじゃないから。

　ここでわたしが縛りつけるのは違うような気がする。

　だって、わたしと悠くんの間に成り立ってるのはメイドとご主人様って関係だけで。

　わたしがこうして悠くんのそばにいられるのも、運命の番として出会ったからって理由しかない。

「もし瑠璃乃が何か不安に思ってることあるなら、ぜんぶ話してほしい」

　それに運命の番として出会っても、必ずしもその相手と結ばれるとは限らないって聞いたことがある。

　たとえ番同士でも、相手を想う気持ちがあるかは無関係だって。

　だから、もし……悠くんが美楓ちゃんのことを好きになってしまったら。

　それでも悠くんは、本能が選ぶわたしと一緒にいることを選択するのかな。

　いろんなモヤモヤが膨れて、気持ちが混ざり合ってうまくまとめられない。

　悠くんはそれに気づいてくれたのか。

「俺の気持ちは瑠璃乃にしかないし、楓都に瑠璃乃は渡さない」

「っ……」

「この気持ちはぜったい揺るがないよ。だから……瑠璃乃も俺だけを見て、俺だけのこと考えて」

　楓都くん、美楓ちゃんの双子が乱入してきたことで――なんだか嵐の予感です。

甘えたくなる優しさ。

「るーりの」
「ひゃっ、なんですか」
　ただいま絶賛メイドのお仕事中。
　なのにいきなり後ろから悠くんが抱きついてきました。
　楓都くんたちとのことがあってから、悠くんはいつにも増して甘えたモード全開。
「俺の相手してよ」
「今は洋服を片づけてるので忙しいですっ」
「えー。そんなのしなくていいよ」
「ダメです。ちゃんとクローゼットにしまっておかないと」
　洋服をハンガーにかけて、クローゼットに閉まってる今も悠くんがベッタリで全然離れてくれません。
「悠くんがくっつき虫になってます」
「瑠璃乃にしかくっつかないからねー」
「もう少ししたらお風呂入れると思うので、先に入ってきてください」
「んー。瑠璃乃が一緒ならいいよ？」
「却下です！」
「えー、俺これでも瑠璃乃のご主人様なんだけどなぁ」
「いくらご主人様からのお願いでも聞けません！」
「ぜったいだって言っても？」
「う……お風呂なんて無理ですよ。恥ずかしくて心臓が大

爆発です……っ」

「相変わらず可愛いことばっか言うね」

「ぅ……っ」

「今日は諦めるけど。いつか一緒に入ろうね」

　心臓に悪いことばかりされるから、ほんとに困っちゃう。

＊　＊　＊

「るりのー。お風呂出たよ」

「あわわっ、まだ髪がびちゃびちゃじゃないですか！」

「いつもみたいに瑠璃乃に乾かしてもらおうと思って」

「悠くんは甘えすぎです」

「いいんだよ。俺ご主人様なんだから」

　最近、悠くんはこれが口癖になってる。

「じゃあ、悠くんはソファに座ってください」

　わたしが悠くんの前に立って、ドライヤーを片手に乾かそうとしたら。

「そんなギュッてされたらうまく乾かせません！」

「瑠璃乃が近くにいたら抱きしめたくなるのはしょうがないよねー」

　真っ正面から思いっきり抱きつかれてるせいで、あんまり身動きが取れません。

「はぁ……瑠璃乃のこと抱きしめるのほんと好き」

「飽きないんですか？」

「まったく。飽きるどころか、日に日に瑠璃乃のこと愛お

しくて足りないけど」

　不意に顔をパッとあげて、チュッとキスしてきた。

「悠くんはキスしすぎです」

「これでも抑えてるんだけどなぁ」

　毎日毎日、悠くんの甘さは続きます。

＊　＊　＊

　そんなある日。

　今日は授業がお休みで、いつもどおりメイドのお仕事を
してると。

「あっ、天気が悪くなってきてる！　外に干してる洗濯物
取り込まなくちゃ！」

　窓の外を見ると今にも雨が降り出しそう。

　慌てて寮から出て、洗濯物をささっと取り込んでると。

「ミャー……」

　ん？　今の猫の鳴き声？

　寮の裏側から聞こえたような。

　気になったので覗いてみると。

「わぁ、猫ちゃんだ！」

　黒と茶色と白が混ざり合った三毛猫ちゃんを発見。

　瞳がとても綺麗で、まるでビー玉みたいだなぁ。

　ここに迷い込んだのかな。

　そっと近づいても逃げる気配もない。

「わわっ、可愛すぎる……っ！」

　手を伸ばすと向こうから寄ってきてくれて、頬をすり寄せてくれる。

「ミャー……ミャー」

「よしよしっ、いい子だねっ」

　頭とか顎のところを撫でてあげると、とってもきもちよさそうにしてる。

　猫ちゃんに夢中になってたら、空からポツリと雨が降り出してきた。

　次第にどんどん大粒になって、量も増えていき……。

「ど、どうしよう……！　このままじゃ猫ちゃんが！」

　寮の中に連れて行こうと思ったけど、たしか寮の中は動物禁止だっけ。

　とりあえず、猫ちゃんが雨にあまりあたらないように守ってあげないと。

「ちょっと待っててね！　すぐに戻って来るから！」

　急いで寮の中に戻って、少し大きめの段ボールとタオルを何枚か持ってきた。

　それとお腹空いてるかもしれないから、ミルクくらいはあげてもいいかな。

　寮から猫ちゃんがいる裏のところまで雨が降ってる中、何回か往復して。

「よしっ、これで猫ちゃんが快適に過ごせるかな！」

　段ボールの中にタオルを何枚か敷いて、雨が当たらないようにその上に傘も立てて。

「ミルクここに置いておくからよかったら飲んでね」

　なるべく寮の屋根（やね）の下になるように段ボールを置いたけ
ど、やっぱり少し雨が入ってきちゃう。

　すぐ止（や）んでくれるといいんだけど。

「ぅ……くちゅんっ……」

　あれ、なんだかちょっと身体が寒いような。

「くちゅん……っ、う……くちゅん」

　くしゃみも止まらない。

　これは、わたしのほうが緊急事態では……！

　猫ちゃんを助けるのに夢中で、自分がびしょ濡れになっ
てる……！

　髪もメイド服もびしょびしょ。

　それに気温も低いせいか、身体がブルブル震えてきた。

「ご、ごめんね猫ちゃん！　わたしいったんここ離れちゃ
うね」

　寒さに耐えきれず、急いで寮の中に戻って着替えようと
したら。

「え、ちょっとまって。なんでそんな濡れてるの？」

　偶然悠くんが部屋から出てきて、わたしを見るなり目を
ギョッと見開いて慌ててこっちに来てくれた。

「猫ちゃんを救済してたら雨に打たれちゃいました」

「まさかこの雨の中ずっと外にいたの？」

「はいっ。猫ちゃんがとりあえず無事で……くちゅんっ」

「いや待って。猫の心配より瑠璃乃は自分の心配して」

　すぐに悠くんがタオルを持ってきてくれて、お風呂の準
備までしてくれた。

「す、すみません。悠くんにいろいろやらせてしまって」

「そんなこといいから。早く温まっておいで」

　お風呂にしっかり浸かって、タオルで髪を拭きながら悠くんがいる部屋に戻ると。

「ちゃんと温まった？」

「はいっ。いま身体ポカポカです」

「んじゃ、こっちおいで。俺が髪乾かしてあげる」

「えっ、大丈夫です！　自分でやるので！」

「いいから。いつも瑠璃乃にやってもらってるし」

　こうして悠くんに髪を乾かしてもらうことに。

「んじゃ、瑠璃乃はこのクッションの上に座ってね」

「は、はいっ」

　悠くんが後ろのソファに座って、ブラシを使いながら丁寧に乾かしてくれる。

「そういえば、猫助けてたって言ってたけど学園の中にいたの？」

「そうなんです。寮の裏のところにいて」

「どんな猫だったの？」

「三毛猫さんです！　瞳が丸くて綺麗でした！　鳴き声もとても可愛くて人懐っこい性格で！」

「瑠璃乃だから懐いたんじゃない？」

「どうしてですか？」

「動物ってさ、心が優しい人間に自然と寄ってくるような気がするんだよね」

「ど、どうなんでしょう」

「だって、瑠璃乃は雨の中びしょ濡れになってるのに、そんなのお構いなしで猫のためにそこまでできるってすごいし、優しいなって俺は思うよ」

「助けるのは当たり前だと思ってたので！　そんなふうに言ってもらえるとなんだか照れちゃいますね」

「瑠璃乃の誰にでも優しいところ、俺はすごく好きだよ」

　気づいたら髪が乾いてて、ドライヤーが止まった途端に悠くんの温もりに包まれた。

「瑠璃乃はもっと自分のことも大切にしようね。俺が守ってあげるけど瑠璃乃自身が意識することも大事だから」

　付け加えて「猫を助けるのもいいことだけど、それで瑠璃乃に何かあったら俺が心配するって覚えておくことね」って。

　翌日、すっかり雨も止んで昨日猫ちゃんがいた寮の裏へ行ってみると。

「あっ、もういなくなってる」

　どこか行っちゃったのかな。

　人懐っこい猫ちゃんだったから、ちょっと寂しい。

　またふらっと遊びに来てくれたらいいなぁ。

＊　＊　＊

　そして３日ほどが過ぎた頃。

「ちょっと瑠璃乃、大丈夫？　なんだか顔色悪くなってない？」

「うん、平気。朝は割と元気だったんだけど、いま少し身体がだるいかな」

　5時間目の授業が終わったばかりの休み時間。

　わたしの顔色がよくないって心配した茜子ちゃんが声をかけてくれた。

「全然平気じゃないでしょ。もう早退したほうがいいんじゃない？」

　お昼休みは普通にごはんも食べられた。

　さっきまでそんなに身体のだるさは感じてなかったんだけど。

「うーん……でも授業あと1時間だけだから頑張る」

「無理しないほうがいいわよ」

「大丈夫……！　茜子ちゃん優しいね、ありがとう」

　1時間くらいなんとか頑張れるって……無理をしたのがいけなかったのかもしれない。

「瑠璃乃」

「…………」

「瑠璃乃？」

「……へっ、あっ、なんでしょう」

　あれから6時間目の授業を受けてるときも、身体がだるい状態のまま。

　寮に帰ってきて、メイドの仕事をしてる最中なのにボーッとして悠くんの声に反応できなかった。

　すると、悠くんが急にギュッと抱きしめてきた。

　しばらくして、今度は急に顔を近づけてきて。

「へ……はるか、くん……っ？」

　おでこがコツンとぶつかった。

「やっぱり熱っぽい。体調良くないでしょ？」

「な、なんですか？」

「さっきから反応鈍いし。抱きしめたら身体がいつもより熱いから」

　どうやら悠くんにはすべてお見通しのようで。

　すぐに悠くんが体温計を持ってきてくれて、熱を測ってみると。

「ほら、37度超えてるじゃん」

「微熱ですね」

　あまり熱が高くないから、そこまで身体がつらいわけじゃないのかな。

「もう今日はこのまま着替えて寝ようね」

「ごめんなさい、メイドのお仕事まだぜんぶ終わってないのに……」

「そんなこと今はどうでもいいよ。それよりも瑠璃乃の身体のほうが心配。すぐに医者呼ぼうか？」

「大丈夫……です。ゆっくり寝たら治ります」

　猫ちゃんを助けた日に雨に打たれたから、それで風邪引いちゃったのかな。

　ごはんをしっかり食べて、よく寝たら明日には元気になってるだろうから。

「瑠璃乃の大丈夫は、ちっとも大丈夫じゃないもんね。どうして無理するの。もっと俺に甘えてくれていいんだよ」

「……っ」

「つらいときはつらいって言わなきゃダメだよ。無理して大丈夫って言わなくていいから」

　悠くんは、いつだってわたしを温かい優しさで包んでくれる。

　悠くんには心配をかけたくないから、心のどこかで無理して大丈夫って口にしたことも、ぜんぶ見抜かれてしまう。

「心配だからあとで医者呼んで診てもらうからね。それまではゆっくり寝てて」

　悠くんの優しさがじんわり胸に広がっていく。

　お医者さんに診てもらった結果、風邪の初期症状だと診断された。

　とりあえず熱を下げる薬をもらって、今日は早く寝ることに。

　ほんとは風邪が移るといけないから、悠くんには別室で寝てもらう予定だったんだけど。

「ほんとに今日も一緒に寝るんですか……？」

「瑠璃乃のそばにいないと心配で俺眠れないよ」

　いつもと変わらず、悠くんもわたしと同じベッドで寝ることに。

　せめて少しでも離れたほうがいいかと思ったけど。

　悠くんは、いつもどおりわたしを抱きしめてくれる。

「それに瑠璃乃がつらい状態なのに放っておけない」

「でも、こんな近くにいたら風邪が移っちゃいます」

「いいよ。瑠璃乃の風邪ならぜんぶもらう」

「ダメ、ですよ。そんなこと言っちゃ」

「だって俺に移せば瑠璃乃が楽になるでしょ？」

　今にもキスしてきちゃいそうな悠くん。

　さすがにキスはダメなので布団でブロック。

「悠くんには移したくない……です」

「それじゃ瑠璃乃がつらいままじゃん」

「ごはんもしっかり食べて、お薬も飲んだので明日にはよくなってます」

「じゃあ、明日もしつらかったらちゃんと俺に言うって約束ね。ぜったい無理しないこと」

「なんで悠くんは、こんな些細な体調の変化に気づいてくれるんですか……？」

「瑠璃乃のことならどんなことでもすぐ気づくよ。いま瑠璃乃のいちばんそばにいるのは俺なんだから」

　悠くんは、どこまでもわたしに優しい。

　それに、とてもわたしのことを想ってくれてる。

　わたしもその気持ちに応えたいって……思うようになってきてる。

　きっと、わたしの中で確実に悠くんの存在がすごく大きくなっている。

「瑠璃乃は俺にだけ甘えてくれたらいいんだよ」

　悠くんの優しさに触れるたびに……ドキドキうるさい鼓動が全然鳴りやまない。

美楓ちゃんの素直な想い。

　季節は本格的な秋を迎えた11月。

　放課後、わたしはいま前に住んでいたアパートに向かっています。

　じつは両親がアパートに荷物を送ってしまったらしく、今日はそれを引き取りに行くことに。

　悠くんにその事情を話すと、迎えの車を出して一緒に行くとまで言ってくれて。

　これはわたしの都合だから、さすがに断った。

　もちろん、悠くんはそう簡単には折れてくれず説得するのに30分くらいかかった。

　常に連絡は取れるようにしておくこと、かならず夕方の6時までには帰るって約束をした。

　それでかなり渋々だけど折れてくれて。

　今ようやくアパートに到着して、荷物を受け取った。

　このまま駅に向かえば夕方の5時前には帰れるかな。

　最近、電車を使わなくなって駅の混雑にびっくり。

　この時間帯の駅のホームは人の数がすごい。

　わたしも急いで帰らないと——って、あれ？

　改札の前で何やら困っている様子の女の子がいる。

　どこかで見覚えのある子だと思って、近づいてみると。

「あっ、瑠璃乃さんですよねっ！」

「あ、やっぱり。美楓ちゃんですか？」

　なんと偶然にも学校帰りの美楓ちゃんがいた。
「そうですっ！　名前覚えていてくれたんですね。うれしいです～！」
　相変わらず可愛い笑顔だなぁ。
「えっと、何か困ってるように見えたんですけど大丈夫ですか？」
「あっ、それが今わたしお屋敷に帰れなくて！」
　話を聞いてみると、美楓ちゃんは普段車で通学してるみたいで。
　いつも迎えに来てくれる運転手さんが、夕方になって急きょ来られなくなってしまったので、美楓ちゃんはひとりで電車で帰ることに。
「改札を通りたいんですけど、美楓だけ通れなくて！　他の人はみんな改札に何かかざしたら入れるのに、わたしだけできないんです～！」
「えっと、美楓ちゃんは電子マネーのカード持ってますか？　他の人が改札を通れているのは、それをかざしているからなんです」
「あっ、そういえばさっきママに電話したときにそれを使いなさいって言われました！」
　カバンの中を探して、ピンクの可愛らしいケースが出てきた。
「これを改札にかざせばいいんですね～！」
　美楓ちゃんもしかして、あまり電車に乗ったことがないんじゃ？

　心配になって一緒について行くと。

「あっ、あの電車に乗ります！　ちょうど来たのでっ」

「ま、待ってください！　美楓ちゃんが乗る電車はきっとあれじゃないです！」

「え？　来た電車に乗っちゃいけないんですか？」

「それぞれの電車は行き先が違うので」

　これは美楓ちゃんをひとりで帰すのは心配だなぁ。

「瑠璃乃さんすごいですね～！　電車のこと詳しい～！」

「少し前まで電車で通学してたので」

「ほへぇ、そうなんですね！」

　天彩学園の前に通っていた高校は、バスと電車通学だったから。

「よかったら美楓ちゃんのお家まで送りますよ」

「えっ！　いいんですか!?　でも瑠璃乃さんが帰る時間が遅くなっちゃうので迷惑じゃないですか？」

「大丈夫です！　まだ全然時間あるので」

　こうして美楓ちゃんをお屋敷まで送り届けることに。

　美楓ちゃんは、電車内が珍しいのか瞳をキラキラさせて周りを見てる。

「電車の中ってこんな感じなんですねっ」

「美楓ちゃんは普段あまり電車に乗らないですか？」

「パパが公共交通機関を使うのはダメって言うんですよ～。わたしが小さかったときに、パパの会社を恨（うら）んでる人に誘拐されそうになっちゃって。それ以来、お屋敷の外に出るとき基本は車なんです」

「そ、それは大変ですね。お父さんも美楓ちゃんのことが
心配ですもんね」

　わたしが住んでる世界とはやっぱり違うんだなぁ。

　それに、美楓ちゃんは見るからに育ちがいいお嬢様って
感じだし。

　美楓ちゃんのお父さんも会社を経営してるんだっけ。

「迷ってたところを助けてくださった瑠璃乃さんに感謝です！」

「そんなそんな！」

　美楓ちゃんって、見た目も可愛いし性格も明るくて真っ
すぐな子なんだなぁ。

　悠くんのこと好きだって聞いたときは、メイドであるわ
たしのことあんまりよく思ってないかもって。

　でも、そんな感じの雰囲気はないかな。

　スマホのアプリを頼りに、美楓ちゃんのお屋敷を目指し
て駅から歩いて数分で到着。

「わぁ、無事にお屋敷に帰ってこられました！　瑠璃乃さ
んのおかげですっ！　ありがとうございますっ」

　ひぇぇ……美楓ちゃんのお屋敷すごすぎる……！

　お屋敷というより、もうこれはお城なんじゃ？

「瑠璃乃さんっ？　どうかしましたかっ？」

「あっ、ごめんなさい！　お屋敷があまりにすごくてびっ
くりしてしまって」

「そうだっ！　瑠璃乃さんさえよければ、今からお茶しま
せんかっ？　送っていただいたお礼にお菓子とかケーキた

くさん用意します～！」

　そ、そんなキラキラした瞳で見られたら断れない……！

　まだ時間はあるし、もし遅くなるならきちんと悠くんに連絡したらいいだろうし。

　それに、美楓ちゃんすごくワクワクしてる様子だし。

「じゃあ、お言葉に甘えて少しだけお邪魔しますね」

「わぁ、やった～！　うれしいです～！」

　早速お屋敷の中に案内してもらって、とても広いリビングへ。

　壁も床(ゆか)も真っ白で、リビング全体を見渡すとまぶしく感じちゃうくらい。

「ここのソファに座ってください～！　あっ、あと瑠璃乃さんは好きなお菓子ありますか～？」

「マカロンとか好きです」

「そうなんですね～！　マカロンわたしもだいすきなのでたくさん用意しますっ！」

　しばらくして目の前のガラステーブルに、紅茶とマカロンとそのほかに焼き菓子やケーキが運ばれてきた。

「ささっ、好きなだけ食べてくださいっ」

「こ、こんなにありがとうございます……っ！」

「いえいえ～。あらためて瑠璃乃さんとこうしてお話しできてうれしいです～！」

　本当にうれしそうで、楽しそうに笑ってるなぁ。

「ところで瑠璃乃さんは、お兄ちゃんのことどう思ってますかっ？　もしかして好きですか？」

「ぶっ……！　え、えっと、お兄ちゃんっていうのは楓都
くんのことですかね？」

　唐突すぎる質問に、飲んでいる紅茶を危うく噴き出すと
ころだった。

「そうです〜！　お兄ちゃんは瑠璃乃さんと出会った瞬間
に運命を感じたらしいんですよ〜！」

「う、運命……」

「瑠璃乃さんみたいな優しい人に出会ったことがないって
お兄ちゃん言ってました！」

「そ、それは大げさです。この世界にはわたしよりも優し
い人はたくさんいますよ？」

「でもでも、美楓も今日瑠璃乃さんとお話しして、お兄ちゃ
んが瑠璃乃さんのこと好きになっちゃうのわかる気がしま
すもん！　困ってるわたしに声をかけてくれて、こうして
お家まで送ってくれるなんて！」

　あまりに美楓ちゃんがグイグイ伝えてくれるから、どう
反応したらいいかわからなくなっちゃう。

「わたし放課後に誰かとお菓子食べながらお話しするの憧
れてたので、瑠璃乃さんはそれも叶えてくれましたっ！」

「えっと、美楓ちゃんはお友達をお屋敷に呼ぶことはない
んですか？」

　こんなに明るくていい子だから、友達たくさんいそうだ
し、誰とでも仲良くできそうな気がするけれど。

「それがわたし全然友達いないんです！」

「え？」

「お金持ちのお嬢様だからとか、ぶりっ子してるとか周りからいろんなレッテル貼られちゃって。友達作りがうまくいかなかったんです」

　あっ……それで、わたしとこうして話せるのをよろこんでくれてたんだ。

「今は理解してくれる子もいるので前よりは平気なんですけど！　小学校とか中学校に入った頃は、それで女の子たちからいろいろ言われることが多くて」

　美楓ちゃんは幸せな環境で育ってきたのかなって思ってたけど。

　本人にしかわからない悩みもあるんだ。

「周りにも馴染めないまま友達もできなくて、気づいたらひとりになってて。わたしはみんなと分け隔てなく仲良くしたいなぁと思っても、なかなかうまくいかなくて」

　美楓ちゃんは、こんなにいい子なのに周りが勝手に決めつけたイメージのせいで悩むことが多かったんだ。

「お嬢様だから逆らったら何されるかわかんないとか、みんなから結構距離を取られちゃったりもして。あることないこと言われた時期もあったんです」

「そ、そうなんですね」

　こんなとき、なんて言葉をかけてあげたらいいのか迷ってしまう。

「そんなときに守ってくれたのが悠くんだったんですっ。周りのことなんか気にしなくていいって、勝手に言わせておけばいいよって。みんな美楓のこと羨んでるだけだから、

相手にしなくていいって言ってくれたんですっ」

　悠くんらしい、美楓ちゃんを傷つけない言い方。

　美楓ちゃんが悩んでいたら、そばにいる悠くんが助けて
あげるのは必然だよね。

「それで美楓がひとりぼっちになったときは、悠くんが一
緒にいてくれたりもしたんです〜！　だから、わたしに
とって悠くんはヒーローなんですっ！」

　美楓ちゃんは、悠くんの内面的な優しさに惹かれてずっ
とずっと想い続けてるんだ。

「悠くんは小さい頃から美楓のことを守ってくれて、面倒
見もよくて！　だからわたしにとって悠くんは初恋の男の
子なんです〜！　好きな気持ちは今も変わりませんっ」

　知らなかった、美楓ちゃんの悠くんへの想い。

　こんなに一途に想い続けられるのはすごいと思う。

　だからこそ、ふと……美楓ちゃんにとって、わたしは邪
魔な存在なんじゃないかって。

　わたしはただ偶然運命の番として悠くんと出会って、そ
ばにいるだけで。

　それがなければ、わたしは悠くんのそばにいる資格もな
いから。

　そんなことを考えていたら、今まで感じたことない胸の
苦しさに襲われた。

「あっ、でも瑠璃乃さんは悠くんの運命の番なんですよ
ねっ？」

「そ、そう……ですね」

「本能的に相手を求めちゃうなんて憧れます〜！　美楓も悠くんと運命の番として結ばれたいなぁってずっと思ってて！　だから瑠璃乃さんが羨ましいです！」

「でも、番として出会ったからって、感情までは追いつかないことだってあるわけで……」

　美楓ちゃんの素直な想いが悠くんの心を動かせば……たとえわたしが運命の番でも悠くんの心までは手に入れることはできないから。

「だけど、運命が決めた相手と結ばれたらロマンチックじゃないですかっ？」

　美楓ちゃんの言葉に何も返せなくなってしまった。

　美楓ちゃんの真っすぐな想いを知って、胸がどうしようもなく痛い。

　悠くんと一緒にいる時間がずっと続いたらいいのにって、心のどこかで思ってる自分がいたけれど。

　わたしの勝手で悠くんのそばにいるっていう選択をしてしまったら……美楓ちゃんが悲しい思いをする。

　自分だけの思いで行動してしまったら……傷つく人がいるんだってことを痛感した。

　同時に……わたしはこのまま悠くんのそばにいてもいいのかなって──そんな不安に胸が支配された。

甘い誘惑にかなわない。

　突然ですが、最近わたしの身体にとある異変が起きています。
「るーりの」
「な、なななんですかっ！」
「なんでそんなあからさまに俺と距離取ってるのかなぁ？」
「と、取ってません！　普通です！」
　前よりずっと、悠くんと一緒にいるとドキドキするし、見つめられただけで本能が悠くんを欲しがるようになってしまった。
　今だってキッチンに逃げてきたのに、悠くんが後ろからギュッてしてくるから。
「嘘はダメだねー。最近俺のそばにいるの避けてるでしょ？」
　ギクッ……。
「俺が気づいてないとでも思った？」
　なるべく気づかれないようにしてたのに。
「なんで俺のこと避けるのかなぁ、瑠璃乃ちゃん？」
　わざと気を引くような呼び方で、メイド服のリボンをシュルッとほどいた。
「リボンはダメ、です……っ！」
　勢いで悠くんのほうへ振り返ってしまったのが失敗。
　あっ……どうしよう。

目が合っちゃった。

悠くんはとてもイジワルに笑ってて、その表情にすらドキドキしちゃって。

「うぅ……無理なんです……っ！」

隙をついて顔を両手で隠しながらリビングへ逃走(とうそう)。

変に意識しちゃうのどうにかしなきゃ。

そして、お風呂から出たあとも悠くんからの甘い攻撃(こうげき)は止まらず……。

「瑠璃乃ちゃん、いつもみたいに髪乾かしてよ？」

「うっ……またその呼び方ですかっ！」

「これもメイドのお仕事だもんねー。逃げちゃダメだよ？」

「抱きつくのは禁止ですっ！」

「えー、ドライヤーの音でなんて言ったか聞こえないなぁ」

「まだドライヤーのスイッチ入れてません！」

こうして普通にしてるのは平気なんだけど。

悠くんと目が合って、少しでも悠くんの体温を感じると身体が過剰に反応しちゃう。

やっぱり意識しすぎてるのが原因なのかな。

とはいっても、意識をそらすのは難しい……。

夜寝る前も、一緒にベッドに入ったのはいいんだけれど。

「瑠璃乃さ、なんでそんな端(はし)っこで丸まってるの？」

「どうかお気になさらず……！」

「えー、それは無理だって。俺が瑠璃乃のこと抱きしめないと寝られないの知ってるでしょ？」

「きゃぅ……っ」

　ベッドが広いから、悠くんと距離を取ってたのに。

「はい、瑠璃乃ちゃんつかまえた」

　後ろからつかまりました。

　悠くんに抱きしめてもらうのは安心できるし、温かくて好きだけど。

　あまり深く触れ合うと発情しちゃう。

　極力平常心でいなきゃ。

　ギュッと目をつぶって、早く眠りに落ちちゃえば……。

「ねぇ、瑠璃乃」

「ひぅ……っ」

　耳元で低くて甘いささやきがくすぐってくる。

「俺が発情したら誰が抑えるんだっけ?」

「っ……」

「ほら、俺いまこんなに瑠璃乃のこと欲してる」

　耳にかかる悠くんの吐息が熱い。

　それに、心臓の音までドクドク激しく音を立ててる。

「な、なんで発情して……っ」

「最近瑠璃乃が俺のこと避けるから。……今こうして少し触れただけで一気に熱くなっちゃった」

　こんな近くで触れながら、そんなこと言うのずるい……。

　でも、これ以上されたらわたしまで熱くなっちゃうから。

「明日も朝、早いので……っ」

「俺が発情してるのに放っておくんだ?」

「……それはっ」

「いいよ。……そんなの気にしていられる余裕なくしてあ

げるから」
　部屋着の襟元から悠くんの手が中に滑り込んできた。
　肌に直接触れられた瞬間、身体がビクッと大きく跳ね
ちゃって。
「……いい反応。ちょっと触っただけで感じちゃうんだ？」
「ち、ちがう……んです」
「じゃあ、もっと触っていいの？」
「服の中、手抜いて……ください……っ」
「そのお願いは聞けないなぁ。だって、俺いま理性ほとん
ど死んでるから」
　さらに奥に手が入ってきて、身体をよじって抵抗しても
止まってくれない。
「前に言わなかったっけ？」
「……っ？」
「俺が瑠璃乃に選んであげてる服は……ぜんぶ脱がしやす
くて瑠璃乃の肌に簡単に触れられるものばかりだって」
「そこは触っちゃ、や……っです」
「だからいま瑠璃乃が着てるこれも……すぐ脱げちゃうね」
　肌を撫でる手がイジワルで、首筋にもキスが落ちてきて
甘い刺激ばかり。
「ここ……いつ痕つけさせてくれるのかなぁ」
「やぁっ……」
　指先で軽く胸のところに触れて、少し爪を立ててる。
「それとも……いま脱がしてつける？」
　そんなのぜったいダメ……っ。

　なのに、身体の内側が熱くてじっとしていられなくて拒否できない。

　触れてくる指先に意識がぜんぶ集中して、自分を保てなくなっちゃう……っ。

「もしかして身体熱い?」

「ぅ……っ」

「瑠璃乃も発情しちゃったんだ?」

　首を横に振ると。

「じゃあいいよ。瑠璃乃の身体に聞くから」

「んんっ……」

　少し強引に唇が重なると、身体中にピリッと甘い刺激が走る。

　抵抗する力なんて、一瞬でぜんぶなくなってしまう。

　キスは何度もしてきたはずなのに。

「はぁ……っ、キスしただけできもちよくなっちゃった?」

「……んっ、ぁ……」

　今まで感じたことがないほど、頭がふわふわして何かに酔ってるような感覚。

「もっと……もっときもちよくしてあげる」

「ふ……ぅ……」

　たぶんほぼ無意識。

　自分から悠くんの首筋に腕を回してギュッてしてた。

「可愛い……ほんと可愛いよ瑠璃乃」

　甘い熱に溺れて、どんどん抜け出せなくなっていく。

＊　＊　＊

「るり……の……」

「…………」

「瑠璃乃？」

「…………」

「瑠璃乃ってば」

「……あっ、茜子ちゃん！」

「さっきから声かけてたのに反応ないから。何か考え事？」

「考え事っていうか、悩み事……みたいな」

　最近気づいたら悠くんのことばかり考えちゃってる。

　今朝だって、起きていきなり悠くんにキスされて、時間ギリギリまでずっと求められて。

　わたしまですぐ熱くなっちゃうから、なんとか発情を抑えたいんだけど……。

　前まではこんな頻繁に発情することなかったのにな。

「さては碧咲くんとのことでしょ？」

「へっ!?　どうして!?」

「ほらー、今の反応で確信に変わったわー。瑠璃乃ってほんとわかりやすいのね」

「わたしそんなにわかりやすいかな!?」

「誰が見てもわかるわよ。で、何を悩んでるのよ？」

「ぅ……茜子ちゃんに相談していい内容かどうか……」

「何よ、気になるじゃなーい。瑠璃乃が嫌じゃなかったら話してちょうだいよ」

　こんなこと相談できるの茜子ちゃんくらいかな。

　何かアドバイスもらえるかもしれない。

　……と思って、最近の悠くんとのことを簡単に話してみることに。

「──というわけで。なんでか最近、悠くんにすごくドキドキしちゃって、自分が自分じゃないみたいなの」

「あらまー。わたしが知らない間にそんな進展してたのね」

「これ進展っていうのかな」

「そもそも瑠璃乃は碧咲くんに触れられるの嫌だと思ったりはしないわけ？」

「しない……かな」

「へー。お互い触れたいと思ってるならいいんじゃない？」

「でも、それはわたしと悠くんが運命の番だから、ただ本能が求めてるだけかもしれないって」

　番同士だったら、相手を想っていなくても本能が求めたら触れたくなるのは当たり前のことだから。

「それって瑠璃乃が碧咲くんに強く惹かれてるってことじゃないの？」

「へ……？」

「わたしも運命の番とかあんまり興味ないから詳しくないけど。たしか、何かの雑誌で読んだことあるのよね。番に発情する回数が増えるのは、相手を想う気持ちが強くなってるからって」

「え、え……っ？」

「気持ちと本能が連動してるっていう一説らしいわ。まあ、

本当かどうかはわからないけどね」

　わたしの悠くんへの想いが、本能と連動して発情することに関係してるの……？

「自分が碧咲くんのことどう思ってるのか、気持ちの整理してみるといいかもしれないわね」

　わたしにとって悠くんは……。

　ご主人様……？　　運命の相手……？　　それとも──。

「ただ本能が求めてるだけなのか。そこに瑠璃乃の気持ちはあるのかってことを」

　本能より何か……特別な想いがあるような気がする。

＊　＊　＊

　──放課後。

　悠くんと寮に帰ってきて、メイド服に着替えた。

　今日はやることがたくさん。

　朝、洗い残した食器をすべて片づけたり。

　干した洗濯物を取り込んでたたんだり。

　晩ごはんとお風呂の準備も。

　メイドの仕事をしてるときは、何も考えなくていいから楽かもしれないなぁ。

　悠くんもソファに座って、タブレットとにらめっこをしてる。

　こうして普通にしていれば、発情することだってないはずだから。

　ある程度仕事が片づいて、手が空いたのでソファの前にあるガラステーブルを拭くことに。

　悠くんの邪魔をしないように……って、注意を払っていたのに。

「あわわっ……！」

　床でツルッと足を滑らせて、ソファでくつろいでる悠くんの上にダイブしてしまった。

　うぅ……やっちゃった……。

　早く悠くんの上からどかないと。

　今こうして近くにいるだけで、心臓がいつもと違う動きをしてるのがわかるから。

「あれ、どうして目つぶっちゃうの？」

「っ……」

「可愛い瑠璃乃と目が合わないと寂しいなぁ」

　頬をふにふにしたり、大きく包むように撫でたり。

「俺のこと見て」

　人差し指でピタッとわたしの唇に触れて。

「これご主人様の命令だよ」

　いま悠くんと見つめ合って、触れられたりしたら。

　ぜったい発情しちゃう……から。

　目をギュッとつぶったまま首をフルフル横に振る。

「……そ。じゃあ、いいよ。俺は好きなだけ瑠璃乃の身体で愉しいことするから」

　わたしの身体で愉しい、こと……？

「キスマーク消えちゃったから、またつけよっか」

「ひゃぁ……っ」

　首筋をツーッと舌で舐めながら、メイド服のボタンを上から外して。

　肌を強く吸われて、チクッと痛みがあって……また舌で舐められて……。

「声我慢してるの？」

「……っ」

　これダメかもしれない……っ。

　目をつぶってるほうが、余計に悠くんが触れてくる熱に集中しちゃう。

「視界が塞がってるから、そのぶん刺激に敏感になってるとか？」

　クスッと笑いながら、またさっきと同じように首筋に強く吸い付くキスが落ちてくる。

「可愛い……。まだ我慢する？」

　悠くんの肩の上に置いてる手にギュッと力が入る。

　身体熱いし脚が少し動いちゃう。

「もう俺は我慢の限界だよ？」

　じわっと肌に触れながら、甘く誘い込んで。

「……瑠璃乃からキスして」

　甘いささやきに耐えられなくて、パチッと目を開けた瞬間——悠くんの顔が思ったより近くにある。

　少しでも動いたら唇があたりそう……。

「瑠璃乃のご主人様は誰だっけ？」

「はるかくん……です」

「じゃあ、俺の言うこと聞けるよね？」

　さっきよりもっと身体が熱くなるのは簡単。

「ご主人様にちゃんとご奉仕しないと……ね」

　頭がクラクラして、身体もうずいて理性がほとんど残ってない。

　それに、身体に熱がたまりすぎて、分散しないもどかしさにも襲われてる。

　少しだけ……なら。

　ほんのちょっとだけ、身を乗り出して唇をとがらせると。

　悠くんの唇にピタッと触れた。

　ただ触れただけなのに……。

「自分からキスして発情しちゃったの？　……可愛い」

　熱が引くどころか、さらにぶわっと熱くなった。

「んじゃ、今度は俺。たっぷりきもちよくしてあげるから……バテチャダメだよ」

　触れてるだけのキスなんか比べ物にならない、甘くて熱い強引なキス。

　誘うように唇を舌で舐めて、わずかに口をあけると中に舌が入りこんで甘くかき乱して。

「そんなっ……深くされたら……っ」

「今よりもっと発情しちゃうね」

「ぅ……わかってるなら、どうして……っ」

「瑠璃乃が求めてくる姿めちゃくちゃ興奮するから」

　視界がゆらゆら揺れて、意識がぜんぶどこかにいっちゃいそう……。

「瑠璃乃からならいくらだって求められたい」

　さっきよりも深いキスで身体がピリッとした瞬間——目の前が一瞬真っ白になって熱がぜんぶはじけた。

　発情は治まったのに、まだ心臓はドキドキしたまま。

　たしか、前にも同じことがあった。

　発情してるときのドキドキとは違う。

　きっとこれは、悠くんがそばにいるから自然と感じるドキドキ。

　わたしの中で、悠くんへの気持ちは前より強くなってるはずだから。

「今よりもっと……俺のこと求めてよ瑠璃乃」

　気持ちと本能が連動してるっていう説は——本当かもしれない。

第 4 章

楓都くんの気持ち。

　美楓ちゃんをお屋敷に送り届けた日から2週間くらいが
過ぎた頃。

　今日悠くんは用事があるので、授業をお休みしてる。

　わたしの授業が終わったタイミングで、寮に戻ってこら
れるって話してたなぁ。

　わたしも急いで帰らないと。

　準備をして教室を出ようとしたとき。

「キャー!!　何あの子!!」

「あんなかっこいい子、わたしたちの学年にいた!?」

「いや、たぶんいないでしょ!　しかも、あのピアスって
アルファクラスの子じゃん!」

　廊下のほうが騒がしいなぁ。

　それに教室に残ってる女の子たちもみんな廊下に出て
いっちゃった。

「あ、茜子ちゃん。みんなどうしたのかな?」

「なんかアルファクラスの生徒が一般クラスの校舎に来て
るらしいわよ?」

「そ、そうなんだ」

「この学園でアルファクラスの生徒の人気はすさまじいも
の。一般クラスにいるほとんどの女子は、アルファクラス
の男子からメイドに指名されるのに憧れてるし」

　そうなると、この騒ぎの中心にいるのは誰なんだろう?

「わたしたちのクラスの中で、アルファクラスの生徒がわざわざ会いに来るのなんて、瑠璃乃しかいないんじゃない？　このクラスでアルファクラスの生徒……碧咲くんからメイドに指名されてるのは瑠璃乃だけだし」

「でも、今日悠くんはお休みだよ？」

「それじゃあ、誰なのかしらね？」

　茜子ちゃんとこんな会話をしていたら、女の子たちの騒がしい声が大きくなってきて。

「すみません。僕いま話したい人がいるので」

　女の子たち3、4人くらいに囲まれて、何やら申し訳なさそうに断ってる男の子が──って。

　あ、あれは楓都くんじゃ……!?

「騒ぎの原因はあの男の子なのね。またモテそうな子じゃない。瑠璃乃は知ってる？」

　な、なんで楓都くんがわたしのクラスに？

「知ってるも何も──」

「瑠璃乃さん、こんにちは」

　楓都くんがわたしの名前を呼んだ瞬間、周りにいる子たちがざわっとした。

「あらま。瑠璃乃のお客さんだったのね」

　茜子ちゃんは何やら納得した様子。

「瑠璃乃はほんと大人気ね。碧咲くんといい、この子といい。これは女子たちが羨むわけだわ」

　周りからの視線がすごいことになってる。

　楓都くんは自覚してるのかしてないのか。

「えっと、楓都くんどうしてここに?」

「瑠璃乃さんに会いたくて来ちゃいました」

　相変わらず可愛らしい笑顔で、さらっとわたしの手を取った。

　「何あれ!?　わたしもあんなこと言われたい!!」とか「杠葉さん羨ましすぎる……!!」とか……周りからの声がさらにすごいことになってる。

「それと、少し遅くなったんですけど、この前美楓を助けてくれたお礼をしようと思って」

「え?」

「美楓から聞いたんです。美楓が迷子になってたところを瑠璃乃さんが声をかけてくれて、屋敷まで送ってくださったんですよね?」

「あ、はい」

「やっぱり瑠璃乃さんは優しいですね。僕の思った通りの人です。ぜひお礼をさせてください」

「お礼なんてそんな!　当たり前のことをしただけですし、それに美楓ちゃんのお屋敷でお菓子もご馳走になったので……!」

「僕がお礼をしたいんです。ダメですか?」

「う……やっ、えっと……」

　わざわざこうして来てくれたから、断るのも悪いし。

　それに、女の子たちからのまなざしを感じる……!

「こ、ここで話すとちょっと目立っちゃうような」

「それは僕とふたりっきりになりたいってことですか?

瑠璃乃さんから誘ってもらえるなんてうれしいなぁ」

「いや、誘ってるわけじゃ……！」

「話したいこともあるので、よかったら場所移動します？」

　結局断れず、楓都くんと教室を出ることに。

　連れて来てもらったのは、楓都くんの名前が書かれた
VIPルーム。

　そっか。楓都くんもアルファクラスの生徒だから、悠く
んと同じように専用の部屋があるんだ。

「どうぞ。ソファにでも座ってください」

「あっ、ありがとうございます」

　目の前のテーブルにピンクの小さな紙袋が置いてある。

「それ僕から瑠璃乃さんへのプレゼントです」

「え？」

「美楓から聞いたんです。瑠璃乃さんがマカロン好きだっ
て。よかったら受け取ってください」

「そ、そんな！　なんだか悪いです！」

「美楓を助けてもらったお礼です。あらためて、美楓のこ
と助けてくれてありがとうございました。美楓の話もたく
さん聞いてもらったみたいで」

「いえいえ、とんでもないです。美楓ちゃんとってもいい
子で、お話しするの楽しかったです！」

「瑠璃乃さんにそう言ってもらえて安心しました。自分の
妹ながら、世間知らずで周りに相手にしてもらえないこと
が多いので」

　そう言いながら、楓都くんもわたしの隣に腰かけた。

「美楓はすごく瑠璃乃さんに憧れてるみたいで。瑠璃乃さんを目標に大人の女性を目指して頑張るって張り切ってるんですよ」

「わたしみたいになったら大変なことになっちゃいますよ！」

「どうしてですか？　僕も美楓と同じで瑠璃乃さんはしっかりしていて、やわらかい雰囲気もあって素敵な女性だと思ってますよ？」

「いや、わたし全然しっかりしてないですよ!?　いつもドジばかりしてるので！」

「そんなところも可愛いじゃないですか。ぜひ僕の前でドジしてほしいです」

　そ、そんなこと言われたの楓都くんがはじめてだ。

　美楓ちゃんも楓都くんも、わたしのこと過大に評価しすぎだと思う。

「美楓は瑠璃乃さんみたいになったら、悠くんが自分に振り向いてくれるかもしれないって、ポジティブ思考全開なんですよ」

　さらに楓都くんは「本当なら悠くんが美楓の婿養子として僕の代わりに父の会社を継いでくれるのが理想だったんですけどね。まあ、これは無理な話なので冗談ですけど」なんて言ってる。

「み、美楓ちゃんは悠くんのことだいすき……ですもんね」

「そうですね。僕も瑠璃乃さんのこと好きですよ」

「え、あっ、え？」

「どうしてそんな不思議そうな顔してるんですか？」

「いや、さらっと好きって言われたような気がして」

「前にひとめ惚れしたって言ったじゃないですか。出会った頃から瑠璃乃さんへの気持ちは変わってないですよ。むしろ、瑠璃乃さんのこと今こうしてたくさん知れて、もっと好きになってます」

「そ、それはびっくりです」

「意外と反応薄いですね」

「楓都くんがさらっと伝えてくれるので、その……ちょっと戸惑ってます」

「僕ひとめ惚れとかしたことなかったんですよね。ってか、そもそも女の人に興味がなかったので」

　楓都くんかっこいいしモテるだろうから、女の人に興味がないっていうのはちょっと意外かも。

　さっきだって女の子たちに囲まれてたし。

「見た目だけで寄ってくる女の人苦手なんですよね。僕のこと何も知らないくせにとか思っちゃうんですよ」

「わ、わたしも楓都くんのこと全然知りませんよ？」

　まだ出会ったばかりだし、こうして話した回数も少ないのに。

　すると、絶妙なタイミングでわたしのスマホが鳴った。

　ずっと鳴ってるから電話かな。

　確認すると画面に表示されてるのは悠くんの名前。

　出るか迷ってると。

「貸してください。僕が出ます」

「え!?」

　慌ててる間に、わたしのスマホを取りあげて楓都くんが応答をタップしてしまった。

「はーい、もしもし」

『……は？　なんで瑠璃乃のスマホに楓都が出るの？』

　スピーカーにして、電話越しに悠くんの声が聞こえる。

「なんでだと思う？　鋭い悠くんなら気づきそうなのにね」

『楓都が無理やり連れ去ったとしか思えないんだけど』

「無理やりなんて人聞き悪くない？」

『瑠璃乃に何もしてないだろうね。返答次第では楓都でも容赦しない』

「さあ。それはどうかな。自分でたしかめに来たらどう？　僕と瑠璃乃さんがどこにいるか当ててみなよ」

『……楓都はどこまで俺のこと煽ったら気がすむの？』

「んー、どうだろう？　早く来ないと瑠璃乃さんのこと好き放題にしちゃうよ。じゃあねー」

　えっ、あっ、電話切っちゃった。

　悠くん怒ってそうだったけど大丈夫かな。

「さてと。これで悠くんが来るのは時間の問題ですね」

「だ、大丈夫でしょうか。悠くん機嫌悪そうでしたけど」

「僕と瑠璃乃さんがふたりっきりなのを知って、めちゃくちゃ焦ってるんですよ」

「何をそんなに焦るんですか？」

　思ったことを素直に聞いたら、楓都くんは少しびっくりした様子で。

「ふっ……瑠璃乃さんって、ちょっと天然入ってます？」

「え？」

「そういう抜けてるところも可愛いですね。それで、さっきの話の続きですけど。瑠璃乃さんは僕とはじめて会った日のこと覚えてますか？」

「お、覚えてますよ」

　たしか、悠くんのときと同じで黒服の大人たちにどこか連れて行かれそうなところを声かけたんだっけ。

「そのとき瑠璃乃さんは僕のこと助けてくれようとしたじゃないですか」

「それは楓都くんが困ってるように見えたので……助けなきゃと思って」

「今まで僕の周りに寄ってきた女の人って、僕の見た目とか家柄しか見てないような口だけの人ばっかりだったんですよ」

　さらに楓都くんは話し続ける。

「そういうの関係なく、ただ純粋に僕のこと助けようとしてくれた瑠璃乃さんに一瞬で惹かれたんです。同時に僕が求めてた女性ってこういう人なんだって、気づかされた瞬間でもあったんです」

　楓都くんが、まさかこんなふうにわたしのことを想っていてくれたなんて知らなかった。

「だから、瑠璃乃さんのこと時間をかけて知っていきたいし、瑠璃乃さんにもっと僕のことを知ってほしいと思ったんです。こんなに誰かを手に入れたいと思ったのは生まれ

てはじめてです」

　ソファに置いてる手の上に、そっと楓都くんの手が重なって。

　楓都くんが迫ってくる寸前──。

「……楓都。俺言ったよね。瑠璃乃には手出すなって」

　ものすごい勢いで部屋の扉が開いて、中に悠くんが入ってきた。

「わー、思ったより来るの早かったなぁ。ってか、手は出してないよ。ただ少し話をしただけ。悠くんは気が早いんだよ」

「散々煽ってきたくせによく言うね」

　すごく急いできてくれたのか、悠くんは少し息を切らしてる。

「瑠璃乃さんのことになるとすぐカッとなるんだね。こんなに悠くんが自分の感情を表に出すなんてびっくりだよ」

「ほんと楓都は油断も隙もないね。ほら、瑠璃乃こっちおいで」

「え、あっ……」

　楓都くんから遠ざけるように、悠くんがわたしを引き寄せた。

「今の悠くんにとって最大の弱点は瑠璃乃さんだね。僕が瑠璃乃さんのこと奪っちゃったらどうするの？」

「楓都もしつこいね。瑠璃乃のことは譲る気ないって俺ははっきり言ったでしょ？」

「えー、どうだっけ？　僕記憶力悪いからすぐ忘れちゃう

んだよね」

「だったら今もう一度言うけど。いくら楓都でも瑠璃乃に近づくことは許さない。俺はいっさい譲る気ないから」

　悠くんがわたしの手を引いて部屋を出る寸前——楓都くんが言った。

「ねー、悠くん？　それってさ、ほんとに瑠璃乃さんのこと想って言ってるの？」

「……は？」

　悠くんがピタッと動きを止めて、楓都くんのほうをきつく睨んだ。

「ほんとは運命の番として、本能的に瑠璃乃さんのこと離したくないだけじゃないの？」

「……楓都、いい加減に——」

「それに、瑠璃乃さんの気持ち考えたことある？　いま瑠璃乃さんが悠くんのそばにいてくれる理由は運命の番だから。それしかないじゃん。じゃあ、それがなかったら瑠璃乃さんは悠くんのそばにいることを選んでた？」

　たしかに楓都くんが言ってることに何も間違いはない。

　悠くんに向けられてる言葉なのに、わたしの胸にも強く刺さってくる。

「もし、僕のほうが先に瑠璃乃さんと出会ってたら、瑠璃乃さんは僕のものになってたかもしれないよね？」

「…………」

「運命の番ってだけで、瑠璃乃さんのことそこまで縛る権利ないと思うけどなぁ。いちばん大事なのは瑠璃乃さんの

気持ちが誰に向いてるかってことだよね」

　今もつながれてる手に、わずかに力がこもったような気がして。

　悠くんは何も言わずに、わたしの手を引いて部屋をあとにした。

　寮に帰るまで、とくに会話がないまま。

　前をスタスタ歩いていくだけで、こっちを見てくれない。

　でも、寮の部屋に入った途端……。

「なんで楓都についていったりしたの」

　優しくギュッと抱きしめてきた。

　やっぱり……さっき楓都くんに少し触れられても全然ドキドキしなかったのに。

「ダメでしょ。俺以外の男に触られるの許したら」

　悠くんだけ特別ドキドキする。

「楓都に何もされなかった？」

「だ、大丈夫……です」

「ほんとに？」

　抱きしめる力をゆるめて、顔を覗き込まれてびっくりして少しあとずさり。

　悠くんとちょっと目が合うだけで心臓がうるさいし、顔が火照ってる感じもする。

「顔赤いよ」

「っ……！」

「俺が触ったから？　それとも……さっきまで楓都とふたりっきりだったから？」

いつも笑顔な悠くんが、今はちっとも笑ってない。

今の悠くんは、何を考えてるのかいまいち読めない。

それに……さっき楓都くんに言われたことも胸に引っかかってる。

やっぱり、わたしと悠くんとの間には運命の番っていう関係が存在するだけで。

それがなかったら、一緒にいる理由は何もないんだって。

「さっき楓都が言ってたこと……瑠璃乃はどう思う？」

「……え？」

「瑠璃乃が俺のそばにいてくれるのは番として出会ったから？　そこに瑠璃乃の気持ちはない？」

そんなことない……。

今わたしが悠くんのそばにいるのは、そばにいたいって気持ちがあるから。

こんなに悠くんのことでいっぱいで、できることならこれから先もずっとそばにいたいと思ってる。

それを伝えたいのに……。

「っ……」

美楓ちゃんのことを考えたら……言えない。

悠くんへの真っすぐな想いを知ってるからこそ、わたしが美楓ちゃんの邪魔をしてるんじゃないかって。

何度も思ってしまう。

悠くんの隣に釣り合う子は、美楓ちゃんみたいな子なんじゃないかって。

本能が求める相手よりも……昔から一途に想ってくれる

子と結ばれるほうが悠くんにとっては幸せかもしれない。

　いろんなモヤモヤが膨らんで、何も言葉が返せない。

　唇をキュッと噛みしめて、ゆっくり下を向くと。

「ごめん……変なこと聞いちゃったね」

　悠くんもこれ以上は何も言ってくることはなくて、お互い黙り込んだまま気まずい空気が流れた。

交錯する想いと感情。

　この間の楓都くんとの一件で、悠くんとの関係に少しだけ溝ができてしまった。

　ケンカをしたわけじゃないから普通に会話もするけど、どこかぎこちない。

　悠くんは、あからさまにわたしと距離を置いてる。

　あの日、わたしと楓都くんの間で何があったのかいっさい聞いてくることはなくて。

　わたしも何も言えないまま。

　やだな……こうやってどんどん距離ができて、最終的にわたしはいらない存在になっちゃうのかな。

　毎日モヤモヤして重たい気分のまま。

　ちゃんと切り替えなきゃいけないのに。

「……ずりは、さん」

「…………」

「杠葉さん？」

「……あっ、はいっ」

　気づいたら休み時間になっていて、英語の教科担当の先生に呼ばれていたのに全然気づかなかった。

　急いで先生がいる教卓のほうへ。

「昨日提出予定の課題、チェックしたら杠葉さんだけ提出がなかったんだけれど」

「え、あっ……すみません……！　ファイルを寮に忘れて

しまったかもしれないです」

「そうなのね。それじゃあ、今日の放課後までに英語準備室まで持ってこられるかしら？」

「わかりました！　寮に取りに行ってから必ず提出します」

　普段なら提出を忘れるなんてことないのに。

　しかも今日はついてないことばかりで。

　移動教室で茜子ちゃんと一緒に廊下を歩いていたら。

　わたしが全然前を見ていなかったせい。

「うわ……っ、きゃ……！」

　前から歩いてくる男の子に思いっきりぶつかって、そのまま転んで盛大にしりもちをついてしまったり……。

　化学の授業でも。

「待って、瑠璃乃。それ一緒に調合しちゃダメ──」

「へ……？」

　茜子ちゃんの焦った声が聞こえず……薬品を間違えて調合してしまい……。

「わわっ、なんか変な煙が……」

「とりあえずすぐに換気しないと！」

　今日はとにかく失敗続きの１日だ……。

　やっと迎えたお昼休み、もうわたしはヘトヘト。

　いつもは悠くんのクラスに迎えに行ってるけど、悠くんが職員室に呼ばれてるから来なくていいよってさっきメッセージが届いてた。

「どうしたのよ瑠璃乃」

「うぅ……茜子ちゃん……今日のわたし全然ダメだね」

「瑠璃乃がこんなに失敗続きなのかなり珍しいわよね。何かあったでしょ？」

「うっ……」

「さては、この前瑠璃乃に会いに来た後輩くんが絡んでるでしょ？」

「えっ、どうしてわかるの!?」

「だって、あの子瑠璃乃に気があるってまるわかりだったし。このタイミングで瑠璃乃が悩んでるってことは、あの子とのことで碧咲くんとも何かあったんだろうなぁって察しつくわよね」

「茜子ちゃんはエスパーですか……」

　読みが鋭すぎるし、的確にズバッと当ててるし。

「瑠璃乃がわかりやすいのよ」

「そんなに……？」

「えぇ、とっても。瑠璃乃ほどわかりやすい子もなかなかいないんじゃない？」

「うっ……」

　わたしさっきからうなってばかりだ。

「何があったか深くは聞かないようにするけど。あんまりひとりで抱え込まないことね。自分の気持ちに素直になってみたらいいじゃない」

　こうやってうじうじしてる自分もすごく嫌になる。

　どれだけ考えたって悩んだって、結局モヤモヤして気分が落ちたままになっちゃうの、どうにかしないと。

＊　＊　＊

——放課後。

「提出が遅れてしまって本当にすみませんでした……！」

「いえいえ。杠葉さんはいつも真面目に授業に取り組んでいるし、課題の出し忘れもなかったから珍しいわね」

　ファイルを取りにいったん寮に戻って、急いで英語準備室にいる先生にプリントを提出。

　このまま教室にカバンを取りに戻って、悠くんを迎えに行かないと。

　教室に戻る途中……ふと中庭のほうに誰かがいるのが視界に飛び込んできた。

　あっ……あれって悠くんと美楓ちゃん……？

　少し遠めからだけど、ふたりが話してるのがわかる。

　何を話してるんだろう。

　よくはわからないけど、ふたりが楽しそうに笑い合っているようにも見える。

　わたしには関係ないことなのに、気になって仕方なくて同時にまた胸のあたりがモヤモヤする。

　もしこのまま、悠くんがわたしと距離を取って美楓ちゃんの想いに応えるようなことになったら。

　わたしは悠くんのそばにいられなくなって、美楓ちゃんが悠くんと幸せになる。

　それでいいはず……なのに。

　どうしようもなく胸が苦しい。

こんなに重くて……ドロドロした感情知らない。

　ふたりを視界から遠ざけたいのに、身体は動かないし目線もずっとふたりを追い続けてしまう。

　それに、気づいたら視界が涙で揺れてる。

　やだ……どうしてこんなに苦しくて悲しくて胸が痛くなるの……？

　今こんな顔誰にも見せられない。

　きっと、ひどくてぐちゃぐちゃになってる。

　なのに――。

「瑠璃乃さん？」

　なんで今わたしの前に現れて声をかけてくるの……？

　タイミング悪すぎるよ。

　この声は……たぶん楓都くん。

　すぐに涙を拭って振り返ろうとしたのに。

「……どうして泣いてるんですか？」

「な、泣いてなんか……ない……です」

「嘘つかないで、こっち向いてください」

「っ……」

　少し強引に楓都くんのほうを向かされて、拭ったはずの涙はまたぽろぽろあふれてくるばかり。

「なんでこんな泣いて――」

　楓都くんの目線が悠くんたちのほうへ向いた。

　すると何も言わずに優しく抱きしめてくれた。

「その涙は悠くんを想って……ですか？」

「っ……」

　楓都くんの声が少し切なそうだった。

　わたしが泣いてる理由に気づいたんだと思う。

　だから、こうして抱きしめてふたりを視界から消してくれたんだ。

　きっと楓都くんなりのわたしへの優しさ。

「僕じゃダメなんですか？　僕なら瑠璃乃さんの笑顔を守れるように幸せにするのに」

　すごく……すごく楓都くんの想いは伝わるのに。

　気持ちが楓都くんに揺れることはない。

　今わたしのそばにいるのは楓都くんなのに……頭の中は悠くんのことでいっぱい。

　楓都くんはこんなに優しくしてくれるのに……それに応えられないのはどうして……。

　それに、こうやって触れられるのは悠くんだけがいいって思ってしまう。

　だから……そっと楓都くんの身体を離した。

「ご、ごめんなさい……っ」

「やっぱり僕は完全に脈なしなんですね。悠くんより瑠璃乃さんのこと大切にできる自信あるのになぁ……」

　楓都くんは少しわたしと距離を置いて、すくいあげるように覗き込みながら。

「できることなら、このまま瑠璃乃さんのこと連れ去りたいですよ」

「それはダメです……っ」

「じゃあ、瑠璃乃さんがいま思ってること僕に教えてくだ

さい。ひとりで抱え込むからダメなんですよ。誰かに話を
聞いてもらうことで何かに気づけたり、気持ちが落ち着く
ことだってありますから。よかったら僕に話してください」
「どうして……楓都くんは、わたしにこんなに優しいんで
すか……？」
「好きな人に優しくしたいと思うのは当然です」
　スッとハンカチを差し出して、頬を伝う涙をそっと拭っ
てくれた。
「悠くんと美楓のことですよね？」
「美楓ちゃんの悠くんへの想いを聞いたら、わたしが悠く
んのそばにいることで美楓ちゃんの恋を邪魔してるんじゃ
ないかと思って……」
　今までずっと自分の胸の中に抱えて悩んでいたこと。
　打ち明けたのは楓都くんがはじめて。
「美楓ちゃんがいい子だって知ってるからこそ、こんなド
ロドロした気持ちになっちゃう自分が嫌で……っ」
「そう思うのは悪いことじゃないですよ。誰だって普通に
芽生える感情ですから。それで瑠璃乃さんは、悠くんと美
楓のことを応援しようって気持ちになったんですか？」
「ほんとはそうしたかったのに……心のどこかで何か引っ
かかってモヤモヤして……っ。自分で自分の気持ちがわか
らなくて……」
　すべて言いきる前に、楓都くんが優しくわたしの両手を
握って……しっかり目線を合わせてきた。
「瑠璃乃さんはもっと自分の気持ちに耳を傾けてください。

誰かの幸せを考えるんじゃなくて、まずは自分がどうしたいのか、自分が誰を想ってるのかもう一度よく考えてみてください」

　誰かの幸せじゃなくて、自分がどうしたいのか……。

　他の誰かのことをぜんぶ抜きにして……わたしは——。

「早く気持ちに気づけるといいですね。僕は瑠璃乃さんのこといつでもウェルカムなんで、悠くんに愛想尽かしたら僕のところに来てください」

　悠くんのそばにいたいんだ。

　これは何度も思ったことで。

　悠くんは、美楓ちゃんといるほうが幸せになれると思ってた。

　でも、これはわたしが勝手に思ってたこと。

　悠くんに今の気持ちをきちんと聞かなきゃダメなんだ。

「心配なので、よかったらこのまま寮まで送りますよ。僕から悠くんに言いたいこともあるんで」

　こうして楓都くんが寮まで送ってくれることに。

　寮の前に着くと……偶然なのか、ずっと待っていてくれたのか。

　悠くんが寮の入り口の前に立っていた。

「……なんで楓都が瑠璃乃と一緒にいるの。瑠璃乃が俺を迎えに来なかったのは楓都と一緒にいたから？」

「そうだよ。僕が瑠璃乃さんのこと引き止めたんだよ」

「……俺言ったよね。瑠璃乃に近づくなって」

「うん、そうだね。でもさ、僕だって悠くんに言いたいこ

とたくさんあるよ」

「なに、言いたいことって」

「いつまでもフラフラしてるんだったら、僕がすぐにでも瑠璃乃さんのこと奪うから」

「……は？」

「ちゃんと幸せにできないなら僕がもらう。もっと瑠璃乃さんの気持ちに寄り添ってあげなよ。これ以上泣かせるようなことするなら、僕ほんとに黙ってないから」

　いつもより強い口調ではっきり言った。

　悠くんはそれに対して何も返さず、わたしの手を引いて寮の部屋に入った。

　お互い黙り込んで、やっぱり気まずいまま。

「ご、ごめんなさい……今日迎えに行けなくて」

「……いいよ。それより楓都と何かあった？」

　優しく落ち着いた声で言った。

　さっき悠くんと美楓ちゃんが一緒にいた理由を聞きたいのに……聞けない。

「……涙の跡がある。楓都に泣かされたの？」

　違うって意味を込めて首を横に振ると。

「じゃあ、どうして泣いてたの？」

「っ……」

　言えない……。

　悠くんが美楓ちゃんとふたりでいるところを見て、胸が苦しくて泣いてしまったなんて。

　さっき、今の悠くんの気持ちを聞くって決めたのに。

　いざ本人を目の前にすると何も言えなくなる。

　こんな自分やっぱり嫌だ……っ。

　どうしてこんなに感情が交錯してばかりで、うまくいか

ないんだろう。

好きだからそばにいたい。

　あれから何も会話をせず悠くんはひとり部屋に入って
いった。

　わたしは耐えきれず、悠くんに何も言わず寮を出てし
まった。

　とくに行き先もなくて、ただひとりボーッと足を進めて
たどり着いた場所。

「……少し前までは、ここでひとりで住んでたんだ」

　悠くんと出会う前に住んでいたアパートの部屋。

　ほんの数ヶ月前までは、ここでひとりで暮らして。

　学校が終わったら毎日バイトで、休みの日だってほぼバ
イト。

　アパートに帰ってきたら、ひとりで家事をこなして。

　お父さんやお母さんから来る連絡を楽しみにして。

　何気ない日々だったけど、これがわたしにとってずっと
続いていた当たり前の毎日。

　そんなわたしの何気ない日常に、突然悠くんが飛び込ん
できた。

　出会いはほんとに偶然で、しかも運命の番だって知った
ときは信じられなくて。

　しかも、悠くんの専属のメイドとして雇われて。

　転入することになるし、悠くんが住んでる寮に一緒に住
むことになるし。

　悠くんと出会ったことで、わたしの日常はガラッと変わった。

　何もかもはじめてなことばかり。

　悠くんは、誰もが憧れる何もかも完璧な、わたしとは住む世界が違う男の子。

　でも、わたしだけに見せる一面もあって。

　ちょっと自由なところがあったり、甘えん坊な一面があったり。

　あとすごく心配性で過保護で。

　少し強引なところもあるけど、いつもぜったいわたしのことをいちばんに大切にしてくれる。

　だからこそ、そばにいたら悠くんの魅力に惹かれていくばかり。

　気づいたら、いつも頭の中は悠くんのことでいっぱい。

　出会った頃は、悠くんはただわたしを雇ってくれるご主人様っていう関係しかなくて。

　それは変わらないけど……。

　今はそれ以上の関係になりたいって、欲張りな自分が出てきてる。

　今もし悠くんのもとを離れて、この部屋で暮らすことになったら。

　前と同じようにひとりで生活できるのかな。

　たぶん……できない気がする。

　ひとりには慣れていたはずなのに。

　いつの間にか、わたしの世界には悠くんがいないとダメ

になってた。

　悠くんと出会って、たくさん気づいたことがある。

　いつだってわたしを優しさで包み込んでくれて。

　いつだって想ってることを素直に伝えてくれて。

　自分をもっと大切にすることも、誰かに甘えて頼ることも、教えてくれたのは──ぜんぶ悠くんだから。

「……瑠璃乃！」

「え……？」

　いきなり部屋の扉が開いてびっくり。

　なんで悠くんがここに？

　とくに行き先も告げないまま、わたしがひとりで勝手に出てきたのに。

　悠くんはものすごく焦っていたのか、わたしを見つけた途端ホッとした顔を見せた。

「……よかった、ここにいて」

「どうして、ここに？」

「俺が部屋に戻っても、瑠璃乃が来なかったから……寮の中めちゃくちゃ探したけどいないし」

　ゆっくりわたしのほうへ近づいてきて、強く腕を引かれて悠くんの腕の中へ。

「……いきなり俺の前からいなくならないで」

　悠くんの腕が震えてる。

　それに身体が少し汗ばんでる。

「ご、ごめんなさい……。ひとりで勝手なことしてしまって」

「謝るのは俺のほうだよね。……ごめん。俺がいろいろ言

葉足らずだし、瑠璃乃の気持ちをちゃんと考えられてな
かった」

　どうして悠くんが謝るの……？

　自分が胸に抱えてることを話せなくて、黙り込んで出て
いったのはわたしなのに。

「ちゃんと瑠璃乃が思ってること、ぜんぶ聞きたい」

　今は悠くんの優しさが苦しい。

　勘違いしそうになるから。

「そんな優しくしないで……ください……っ」

「どうして？　俺が優しくしたいと思うのは瑠璃乃だけな
のに」

「そんな特別みたいな言い方ずるいです……っ」

「特別なんだよ……。今の俺は瑠璃乃がいないとダメにな
る。それくらい俺にとって瑠璃乃は失いたくない存在なん
だよ」

「っ……」

「けど……それは俺の勝手な想いだから。瑠璃乃が楓都の
こと想ってるなら俺は──」

「……え？」

　わたしが楓都くんのことを想ってる……？

　どうしてそうなってしまうの……？

「瑠璃乃は楓都のそばにいたいんじゃないの？」

「な、なんでそう思うんですか」

「楓都は瑠璃乃に惚れてるし、瑠璃乃も楓都の前では気を
許してるように見えたから。俺が知らない間にふたりが惹

かれ合ってるのかなって」

　もしかして何か誤解してる……？

「だったら俺が潔く身を引かなきゃいけないんだろうけど……。どうしても瑠璃乃のことだけは譲れない。ここまで誰かを渡したくないと思ったのは瑠璃乃がはじめて。だから——」

「ま、待ってください。悠くん勘違いしてます」

　わたしがそばにいたいのは悠くんだから。

「だって、さっきも楓都と一緒にいたでしょ？　それに瑠璃乃は泣いてた理由も教えてくれなかったし」

「それは自分の中にある嫌な感情を悠くんに知られたくなくて……っ。聞いたらガッカリされちゃいます……」

「そんなことないよ。瑠璃乃のことぜんぶ受け止めるから」

　どうして悠くんは、ここまで言ってくれるの……？

　またここで何も言わずに黙り込んでしまったら、今度こそ本当に悠くんに呆れられちゃう。

　思い切って、いま胸に抱えてるもの……ぜんぶ伝えるしかない。

「美楓ちゃんのこと……なんですけど」

「美楓がどうしたの？　もしかして美楓に何か言われた？」

「ち、違うんです。美楓ちゃんは、素直で一途でとてもいい子で……。悠くんに対する美楓ちゃんの想いを聞いたとき、こんなに真っすぐに自分の気持ちを相手に伝えられるのってすごいなって」

「……うん」

「だから、そんな美楓ちゃんの恋を邪魔しちゃいけないと思うようになってしまって……。悠くんも、美楓ちゃんみたいな素敵な女の子と一緒にいるほうが幸せなんじゃないかと思い始めて……」

「…………」

「わたしは美楓ちゃんみたいに、とくに秀_{ひい}でたものもなくて。それに比べて美楓ちゃんは家柄も育ちもよくて、何もかも申し分ない子で——」

「……どうして美楓と比べるの?」

「え……?」

「瑠璃乃は自分がどれだけ魅力的なのか、俺がどれだけ惚れてるのか全然わかってない。他の子なんか眼中にも入らないくらい——俺は瑠璃乃のことしか見てない。瑠璃乃さえそばにいてくれたら何もいらない」

「でも……っ」

「俺は運命とかあんまり信じないけど。瑠璃乃との運命なら信じたいって思うくらい好きだよ」

　ストレートな言葉が胸に響いて、それが涙になって頬を伝っていく。

　悠くんは、こんなにわたしへの気持ちを伝えてくれてるのに。

　わたしは美楓ちゃんのことばかり気にして、ちゃんと自分の気持ちを伝えられていなかった。

　だから、ちゃんと口にして伝えないと。

　悠くんが伝えてくれたように、うまく言えないかもし

れないけど。

「ずっと……悠くんと一緒にいるとドキドキして」

「……うん」

「悠くんといると、自分が知らない感情ばかり出てきて。想いがぐちゃぐちゃになって、悩んだり苦しかったりモヤモヤして……。今日楓都くんと一緒にいたのは、楓都くんがわたしが泣いていたところに偶然現れて話を聞いてくれたんです……」

「どうして瑠璃乃は泣いてたの？」

「悠くんが、美楓ちゃんと一緒にいるところを見てしまって……」

「もしかして放課後のこと？」

「そう、です……。偶然通りかかってしまって。ふたりで楽しそうに笑ってたから、やっぱりもう悠くんのこと諦めなきゃいけないんだって思ったら涙が……」

「あれさ、俺が美楓を呼び出したんだよ」

　そう……なんだ。

　悠くんが呼び出したんだ。

　だとしたら、ふたりで何を話してたんだろう。

「美楓にはっきり伝えた。俺の気持ちはずっと変わることないから、美楓の想いには応えられないって。お互い吹っ切れたように笑ってたところを見ちゃったんじゃない？」

「それって……」

「美楓が俺のことずっと想い続けてくれてるのは知ってたから、あらためてはっきり伝えないとって。このまま美楓

218

が俺を想い続けてくれても、俺はその想いに応えることが
できないから」

　抱きしめる力をゆるめて……わたしの瞳をしっかり見な
がら。

「俺の心は今もこれから先もずっと……瑠璃乃のものだよ」

「っ……」

　わたしが勝手に誤解して、考えすぎちゃったのがいけな
かった。

「それで、どうして俺と美楓が一緒にいるところ見て泣い
ちゃったの?」

「ふたりが一緒にいるのを見たら、心臓がギュッて押しつ
ぶされちゃいそうなくらい苦しくて……っ」

「……うん」

「わたし気づいたらわがままになってたんです。悠くんの気
持ちがぜんぶわたしのものになったらいいのにって……」

　きっと、こんなこと言って悠くん呆れて──あれ?

　呆れるどころか、すごくうれしそうで口元がゆるんでる。

「ねぇ、瑠璃乃。俺自惚れてもいい?」

「……っ?」

「それはさ……瑠璃乃が俺のこと好きってことじゃない?」

　わたしが悠くんを好き……?

　もちろん、悠くんのこと嫌いだと思ったことないし、む
しろすごく好き……。

「俺と美楓がふたりでいるのを見てモヤモヤして泣い
ちゃったのも、ヤキモチ焼いてたってこと?」

「……へ？」

「待って。俺めちゃくちゃ瑠璃乃に愛されてない？」

「え、あ、えっ……？」

「はぁぁぁ、待って。俺の心臓いま大変なことになってる」

　わたしの心臓もすごく大変……。

　ただ、わたしが悠くんを好きになっただけ……これだけのことにどうして今まで気づけなかったんだろう。

「瑠璃乃は俺のこと好き？」

「す、好き……です」

「ちゃんと男として？　他の人と同じくらいですとか言われたら俺悲しくて死んじゃうよ」

「と、特別に……悠くんだけ、とっても好き……だいすき、です」

　悠くんだけにドキドキして。

　悠くんが他の女の子と一緒にいるのを見てモヤモヤしたのは、ヤキモチを焼いてたから。

　もうこんなの好き以外見つからない。

　悠くんに言われるまで気づかなかったなんて、わたし鈍感すぎて……。

「それは俺の彼女になってくれるってことでいいの？」

「悠くんの彼女にしてもらえますか……っ？」

「もちろん。お嫁さんでもいいよ」

「お、お嫁さんはちょっとまだ早いような気がします」

　彼女飛び越えちゃってるし。

「俺は瑠璃乃のこと一生手離す気ないからさ。瑠璃乃が結

婚してくれなかったら俺はずっと独身かなぁ」

「話がちょっと飛びすぎです……！」

「だって、瑠璃乃が俺のこと好きだなんて、すぐ結婚して俺のものにしたくなるじゃん」

「もう悠くんのもの、ですよ？」

「あぁ……待って。今の可愛すぎる……。ってか、碧咲瑠璃乃って可愛いよね？　もう瑠璃乃は碧咲って名乗っていいと思う」

「っ!?」

「これからもっと……今以上に瑠璃乃のこと愛してあげるから覚悟してね」

　どうやら、わたしの心臓が休まる暇はなさそうです。

第5章

悠くんが彼氏になったら。

　悠くんと想いが通じ合って、恋人同士になってから早くも数日が過ぎた。

　悠くんと正式に付き合うことになっても、わたしの生活はとくに変わらず。

　スヤスヤ寝てる悠くんをベッドに残して、メイド服に着替えてから部屋の掃除をしたり、洗濯をしたり、朝ごはんの支度をしたり。

　今日は授業がお休みだから、悠くんはゆっくり寝てる。

　でも、そろそろ起こさないとなぁ。

　時計の針は朝の9時をさしてる。

「悠くん、もう起きなきゃダメですよっ！　お休みだからって寝すぎるのはよくないです！」

　まだベッドで寝てる悠くんを起こしても、ちっとも起きてくれません。

　だけどこれはいつものこと。

「寝たふりなのはお見通しです！」

「それじゃあ、そろそろ瑠璃乃からキスしてくれてもいいんじゃない？」

　ほら、やっぱり起きてるんですよ。

「朝からキスなんて心臓に悪すぎます！」

「いつも通り瑠璃乃がキスしてくれるまで俺起きないからねー」

　毎朝こうやって悠くんがキスをねだってくるせいで、朝からわたしの心臓はドキドキ。

「じゃあ、悠くんはずっとひとりで寝ててください！　わたしはもう知りません！」

「瑠璃乃は冷たいなぁ。ってか、俺ひとりとか無理だからさ」

「ひぇ……っ、きゃっ……」

　油断してたら、あっという間に悠くんの腕の中へ。

「瑠璃乃がキスしてくれるまで離してあげない」

「わたしを巻き込むのダメですよ！」

「あ、それとも俺からしよっか？　ただ──俺からするんだったら瑠璃乃はベッドから出られなくなっちゃうね」

「なっ、え……？」

「はぁ……想像したら興奮してきちゃったなぁ」

「は、悠くんっ!?」

「ほら、もう俺が我慢の限界だからしよ？」

「ま、まままってください……っ！」

　悠くんが暴走したら、ほんとにわたし1日中ベッドから出られなくなってしまう……！

「わ、わたしからしたら起きてくれますか？」

「うん、もちろん」

　結局、いつもみたいに悠くんの思いどおり。

　寝起きだっていうのに、悠くんの完璧な顔はちっとも崩れない。

　じっと見つめられると耐えられなくて、この距離感にも全然慣れない。

「ねー、瑠璃乃まだ？」

「え、あっ……目が合うとドキドキして」

「俺いま焦らしプレイとか求めてないんだけどなぁ」

「ふぇ……!?」

「あ、それとも散々焦らしたあとにすごくきもちいいキスしてくれるの？」

　ま、まずい……！

　悠くんがこの顔で笑ってるときは、とても危険なことを考えてるとき。

「じっとしてて……くださいっ」

　ギュッと目をつぶって、ほんの少し触れるくらいのキスを頬にした。

　これだけでわたしの心臓はもうバクバク。

　もっとしたら心臓がもたなくて爆発しちゃいそう。

　ゆっくり目をあけると、悠くんは相変わらずにこにこ笑顔のまま。

「ほっぺじゃなくて口がいいなぁ。あ、深いやつだったらもっとうれし──」

「これ以上はできませんっ！」

　寝起きの悠くんは要注意です。

　このまま満足して起きてくれるかと思いきや。

　いまだにわたしを抱きしめたまま。

「可愛い瑠璃乃に毎朝こうやって起こしてもらえるの控えめに言ってサイコーすぎるよね」

「あの、悠くん？　起きてくれる約束は……」

「やっぱり碧咲瑠璃乃って可愛いなぁ」
　あれ、あれれ。
　わたしの声聞こえてない？
「ってかさ、このまま結婚しちゃおっか？」
「は、はい!?」
「お互い好き同士なわけだし？　俺と瑠璃乃は運命の番と
しても結ばれてるんだし、条件ぜんぶ揃ってるよね？　も
う結婚するしかないね」
「まだわたしたち高校生です！」
「運命の番って出会ったら結婚しなきゃいけないルールら
しいよ？」
「そんなの聞いたことないですよっ！」
　──こんな感じで悠くんを起こすだけでひと苦労です。

＊　＊　＊

　それからわたしがメイドの仕事をしていても、悠くんは
邪魔をするのが得意なようで。
「悠くん！　そんなに引っ付かれちゃうと身動きが取りに
くいです！」
「俺のことは気にしなくていいんだよー？」
「そう言われても、こんなにがっちり抱きつかれていたら
気にもなります！」
　部屋にある大きな窓を拭いていたら、悠くんが後ろから
ギュッてして。

引き離そうとしてもなかなか手強くて困ってます。

「瑠璃乃の肌って白くて綺麗だよねー」

　耳元に息がかかって。

　首筋をそっと指先でなぞりながら。

「それに……すごくやわらかいもんね」

「そこ触るのダメって……っ」

「ん……？　どこだっけ？」

「やっ……キスしながらダメ……ですっ」

「あぁ、ここ……内もも触られながらキスされるの弱いもんね」

　ワンピースの裾からうまく手を滑り込ませて、ゆっくり撫でるような手つきで触れながら。

　首筋や背中に何度もキスを落としてくる。

　意識をそらしたいのに、触れてくる手と落ちてくるキスが邪魔してくる。

　それに……身体がさっきよりも熱い。

　内側からじわじわと全身に広がって、ちょっとずつ息も苦しくなってるこの感覚は——。

「瑠璃乃気づいてる？」

「……え？」

「最近俺に触れられたらすぐ発情しちゃうの」

「っ……！」

「前はこんな軽く触れたくらいじゃ発情しなかったのに」

「ひゃっ……」

「ほら、今だったらこんなに反応してくれるもんねー……

可愛い」

　次第に身体に力が入らなくなってきて、膝から崩れちゃいそう。

　今なんとかこの体勢を保てているのは、悠くんに支えてもらってるから。

「さっきから手止まってるね？　メイドの仕事しなくていいの？」

「悠くんのせい……です……っ」

「えー、俺のせいにしちゃダメでしょ？」

「ぅ……だって」

「じゃあ、ちゃんと仕事しないメイドさんにはお仕置きが必要かなぁ？」

　あっ……悠くんが甘い顔して笑うときは、とても危険なことが始まる合図（あいず）。

「もちろん——とびきり甘いやつね」

　悠くんがとびきり甘いって言うときは、与えられる甘さと刺激がすごく強くて。

「あーあ。せっかく治ったのにまた発情しちゃったね」

「はぁ……っ、ん」

「どれだけキスしてもキスがきもちいいから発情治まらないかぁ」

「もうほんとに……っ、これでおわりに……」

「そんなの俺が許すと思う？」

「んんっ……」

「ほら……ご主人様が発情してるんだから、ちゃんと抑え

てよメイドさん」

　それから悠くんは、なかなか離してくれなくて。

　甘すぎる時間がしばらく続いた。

＊　＊　＊

「あわわっ、もうこんな時間です！」

「今日くらい仕事サボっちゃったら？」

「せめてお部屋の掃除をして、花瓶のお花の水は交換しないとです！」

　時刻は夕方の４時を過ぎていた。

　朝からずっと悠くんに離してもらえず、気づいたらもう夕方になってしまった。

「瑠璃乃は相変わらず真面目だねー。そんなところも愛おしくてたまんないけど」

「きゃっ……もう抱きつくのダメです！」

「えー、俺まだ瑠璃乃が足りないのになぁ」

「さ、さっきまであんなに……」

「あんなに？　何してたっけ？」

「うぅ……とぼけないでください……っ！」

　思い出しただけで、恥ずかしくて逃げたくなっちゃう。

　悠くんから距離を取って、部屋の掃除をスタート。

　……したらもちろん悠くんが隙をついてすぐに抱きついてくるので。

「あれー、なんか俺避けられてる？」

　悠くんからの抱きつき攻撃をかわしながら、なんとかお部屋の掃除は終了。

　よしっ、あとは花瓶のお水を交換したら、ひと通りやりたいことは終わるかな。

　あっ、でもこのあとお風呂の準備もしなきゃだし、晩ごはんの支度もしなくちゃ。

　あんまりゆっくりしていられないので、急いでお水を取り替えようとして。

　部屋の中を走ったのがそもそもの失敗だった。

「うわっ！　きゃ……!!」

　足元からツルッと滑って、思いっきり転んじゃいそう。

　手には花瓶を持ってるから、このままだと転んで花瓶を割っちゃうかもしれない……！

　って、考えてる間に身体は重力に逆らえないまま前に倒れていって……。

「ぅ……いたっ……くない？」

「瑠璃乃はほんと危なっかしいから目が離せないね」

　なんと悠くんが転びそうになったわたしをキャッチしてくれた。

「あわわっ、悠くんごめんなさい……!!」

「ん、いいよ。瑠璃乃はケガしてない？」

「大丈夫です！　それよりも悠くんがびしょ濡れです！」

　花瓶に入っていたお水をかぶってしまって、悠くんの服が濡れてしまった。

　うぅ……わたしのせいだ。

「す、すぐに着替えを持って──」

「いいよ。このまま瑠璃乃が脱がせて」

「へ……っ？」

　あれ……なんだか悠くんがとっても愉しそうに笑ってるように見えるのですが。

「早くしてよ瑠璃乃ちゃん。俺が風邪ひいちゃってもいいのかなぁ？」

「る、瑠璃乃ちゃん!?」

　濡れた服のまま、グイグイ迫ってくる悠くん。

　水のせいでシャツが少し透けてて、どこに視点を合わせたらいいの……っ？

　あたふたしてる間に壁際に追い込まれて。

「顔真っ赤。まだこういうの恥ずかしいの？」

「悠くんの裸なんてそんな見慣れてない、です……っ」

「瑠璃乃は脱がされるほうが好きだもんね？」

「っ……!?」

「このまま脱がしちゃおっか？」

「ひぇ……っ」

　ど、どうして悠くんじゃなくて、わたしが脱ぐことになっちゃうの……!?

「あわわっ、脱ぐのは悠くんです……っ！」

「じゃあ、早く瑠璃乃が脱がせて？」

　このままだとわたしのほうが先に脱がされることになってしまいそう。

　それに、こんな濡れたシャツを着たままだと悠くんが風

邪をひいてしまう。

「うっ……えっと、じゃあ失礼します……っ！」

　ギュッと目をつぶって、悠くんのシャツの裾を上までまくりあげると。

　パサッとシャツが床に落ちた音がして。

「るーりの。どうして目閉じちゃったの？」

「ぅ……だ、だって……」

「だって？　ほら目開けてよ」

「んっ……」

　急に唇にやわらかい感触が押しつけられて、びっくりした反動で目を開けてしまった。

「ひぇぁ……!?」

　もちろん真っ先に飛び込んできたのは、上に何も着てない悠くんの裸なわけで。

「ふっ……瑠璃乃さ、これくらいで恥ずかしがってたらキスより先のことしたらどうなるの？」

「ふぇ……!?」

「まだ俺我慢してるけど……。いつか瑠璃乃のぜんぶもらっちゃうからね」

「も、もうあげてます……よ？」

「ううん、まだぜんぶもらってない」

「……っ？」

「瑠璃乃は天然入ってるから、そーゆーのはあんまわかんないかぁ」

　わたしまだ悠くんにぜんぶあげられてないのかな。

「まあ、しばらくは俺が我慢すればいいことだけど。ただし瑠璃乃のほうが煽ったらそれなりに覚悟してね」

$$* \quad * \quad *$$

　夜はお風呂に入ったら、悠くんとソファでまったりする時間。

　……なんだけれど。

「あっ！　まだ食器洗ってないの思い出しました！」

「それ明日でいいでしょ？　今は俺の相手する時間だよ」

「でも、明日に回しちゃうのは……」

「んじゃ、もうこのまま強制的にベッド連れて行くからね」

「きゃっ……ぅ」

　ちょっと強引に悠くんにお姫様抱っこされて寝室へ。

　まだ寝るには少し早い時間なのに。

　今日はせっかくのお休みだったから、いろいろはかどると思ってたのに、あんまりうまくいかなかった。

「今日ちゃんとお仕事ぜんぶ終わらなかったです」

「へぇ……まだ俺以外のこと考える余裕あるんだ？」

　あれ。わたし何かまずいこと言ったかな。

「瑠璃乃がそんなに仕事が好きなら、ひとつ仕事あげる」

「……え？」

「俺が満足するまでたっぷり相手してもらおうかなぁ」

「そ、それはメイドのお仕事じゃ――」

「メイドの前に、俺の彼女でしょ」

　まだ彼女って響きに慣れなくて、どう反応したらいいのか困っちゃう。

「でも、今日ずっと悠くんがしたいことしたような気がします」

「全然足りないんだよねー」

「わたしはもう、いっぱいいっぱいで……！」

　今抱きしめられてるだけで、心臓が落ち着かないのに。

「じゃあ、俺が他の女の子のところ行ってもいいの？」

「それは、すごく嫌です」

「うん、もちろん他の子のところ行く気なんてさらさらないよ」

「ま、まだ悠くんの彼女になった実感があまりなくて」

「じゃあ……もっと実感してみる？」

　悠くんがわたしのほうへ体重をかけてきて、ゆっくり身体がベッドに沈んでいく。

　背中に悠くんの手が回って、優しく抱きとめるように身体が倒されて。

「ぜんぶもらうって意味──少し教えてあげるね」

　薄暗い中、とっても危険に笑ってる悠くん。

　少し熱を持った瞳で見つめられて、目が合ったのはほんの一瞬。

「俺しか感じないように……瑠璃乃の身体にたっぷり甘いことしてあげる」

「ひゃっ……んんっ」

「瑠璃乃は可愛く感じてて」

　触れて、また離れて……吸い付くようなキスの繰り返し。

　最初はなんとか流されないようにしていたのに。

　唇に触れる熱が全身に伝わって、甘さが頭の中を支配してるような感覚。

「だんだん力入らなくなってきたね」

「んぅ……」

「きもちよくて何も考えられないかなぁ」

「っ……ふぅ」

「もっと深く触ってあげるから……どこがきもちいいか教えて」

　背中にあった悠くんの手が、服の中にスルッと入り込んで直接肌を撫でてる。

「メイド服着た瑠璃乃も好きだけど……こういう脱がしやすい服で攻められてる瑠璃乃もたまらなく好きだよ」

　キスに意識がぜんぶ集中しちゃって、悠くんの指先がとても危険なところにあるのに気づけなくて。

「これ……外したら瑠璃乃はどんな可愛い反応してくれるかなぁ？」

　わたしの背中の真ん中のあたりを指先でトンッと軽く触れながら。

「……想像しただけでゾクゾクするね」

「ま、まって、ください……っ。それは、ダメ……です」

「何がダメなの？」

「ひゃぁ……っ、ぅ」

「ほら……瑠璃乃が動くと外れちゃうよ？」

　空いてる片方の手も、身体に落ちてくるキスも止まらなくて、身体がじっとしていられない。

「それとも──外してほしいとか？」

「っ……、きゃっ……」

　悠くんの指先がわずかに動いて……ふわっと胸の締め付けがゆるくなった。

「あーあ、外れちゃった」

「えっ、あ……っ、や……」

　両手をベッドに押さえつけられて、恥ずかしいのに抵抗できない。

「……俺の瑠璃乃はほんとに可愛いなぁ」

「ぅ……いったん離して、くださいっ」

　わたしの両手を押さえつけてる悠くんは、いつもよりとっても危険で妖艶に笑ってる。

　片方の口角をあげて、口の端を舌でペロッと舐めながら。

「このままぜんぶ脱がしてあげよっか」

「やっ……まって、くださいっ……ぅ」

　服の裾が少しめくられて、お腹のあたりにヒヤッと冷たい空気が触れる。

「……俺にめちゃくちゃにされて感じてんの可愛い」

「もう……やぁ……」

「でもまだ足りない。……もっと可愛く乱れてるところ見せて」

　甘いささやきが落ちてきた瞬間、唇がグッと塞がれた。

　触れてる唇の熱が、ぜんぶの感覚を奪っていきそうで。

　頭がボーッとしてクラクラする。

　さらに悠くんの手がキャミソールの中に入り込んで、その手が少しずつ上にあがって。

「キスされながら触れられてきもちいいね」

「んんっ……ん」

　肌に直接触れられてるだけで、尋常じゃないくらい身体がいつもより熱い。

　恥ずかしくてどうにかなっちゃいそう……。

　頭の中も身体もぜんぶ……悠くんからの甘い刺激だけが欲しくなって。

「こんな可愛い反応されたら、俺の理性ぜんぶ狂っちゃうなぁ」

「うぁ……っん」

「……瑠璃乃のぜんぶもらうときは、今よりもっと……もっと甘く激しくしてあげるからね」

　ご主人様でもあり、彼氏でもある悠くんの甘さは、とどまることを知りません。

危険で甘いおねだり。

「こ、これなんですかっ！」

「んー？　これで今から瑠璃乃と愉しく遊ぼうと思って
ねー」

　学園が冬休みに入り、今日も変わらずメイド服に着替え
てお仕事しようとしたら。

　なぜか突然ベッドの上で悠くんに迫られて。

　しかもわたしの両手首はリボンで結ばれてしまった。

　そもそもなぜこんなことになったのかというと。

　さかのぼること30分くらい前。

「るーりの。ちょっとこっちおいで」

　寝室に呼ばれたので行ってみると。

　ベッドにいる悠くんが、少し長めのリボンを手に持って
ひらひらさせてる。

「今からこのリボンで愉しいことしよっか」

「え？」

　なにがなんだかよくわからず。

　悠くんのそばに近づくと。

　わたしの両手首にリボンが結ばれてしまった。

「こ、これはどういうことですかっ！」

「ん？　見てのとおり縛っちゃった」

「っ!?」

「瑠璃乃が抵抗したらほどけるよ？」

た、たしかに少しゆるめに結ばれてる。

「まあ……抵抗できないくらい甘いことしちゃうけど」

　あっ……ど、どうしよう。

　悠くんが何か企んでるような顔で笑ってる……！

　危険って判断したのも時すでに遅しで。

「そういえばさ、瑠璃乃っていつも俺に敬語だよねー？」

「え、あっ、癖ですかね！」

「俺たち同い年なんだし、もっと気軽に話してほしいな」

「でも悠くんはご主人様でもあるので！」

「そっか。じゃあ、俺の言うことにはぜったい従わなきゃ
ダメだよね？」

「そうですねっ！」

　というか、わたしなんで両手首をリボンで結ばれたまま
会話してるんだろう？

　これいつほどいてもらえるのかな。

「それじゃあ、今から瑠璃乃が敬語使ったらお仕置きね」

「お、お仕置きですか？」

「あと俺のこと悠って呼んで。悠くんって呼ぶのは禁止」

「そ、そんないきなり無理です！」

「俺の言うことはぜったいってもう忘れたの？」

　じわりと距離を詰めながら、間近で視線がぶつかる。

　わたしがちょっと身体を後ろに下げても、無駄と言わん
ばかりにさらに近づいてくる。

「ほら、呼んでよ悠って」

「できない……です」

「それじゃお仕置きかなぁ」

　お仕置きの意味がわからないまま。

　ベッドの上に座った状態で、悠くんが少し前のめりになって唇にキスしてきた。

　いきなりのことにびっくりして、身体が少しビクッと跳ねて。

　だけど、少ししてから触れた唇がゆっくり離れていく。

　でも、相変わらず悠くんの顔は近くにあるまま。

　スカートの裾から手を入れて、太ももを大きく撫でるように触ってる。

「そんな触っちゃ、やっ……です」

　いつもなら手で押さえられるのに、今はリボンが邪魔して止められない。

「瑠璃乃はそんなお仕置きされたいんだ？」

「ひぁっ……んっ」

　指先に力が込められて、微かに唇に触れる程度のキス。

「俺の言うこと聞く気になった？」

「聞けない……です」

「そっかぁ。まだお仕置き足りない？」

　いつもよりゆっくりなキスが何度も繰り返されて。

　少しずつ物足りなさを感じて、じわじわ熱くなってくる今まで感じたことがない感覚。

「瑠璃乃の身体……もう熱くてたまんない？」

　触れ方が絶妙に弱くて、あとちょっと欲しい……みたいになって、余計に熱がたまりこんでいく。

　いつもより刺激が弱いから、それがどんどんもどかしくなって逆につらくなる。

「ほら、焦らされるのつらいでしょ？」

「っ……」

「声我慢するのダーメ。もっと可愛いの聞かせて」

「あぅ……っ、や」

　リボンのせいで抵抗できなくて、されるがまま。

　少し手を動かしても、ほどけそうでほどけない。

　力が入らなくて、ふらふら揺れちゃう。

　身体が限界で後ろに倒れそうになっても。

「まだバテちゃダメでしょ」

　グイッと腕を引かれて、ぜんぶを悠くんにあずけたまま。

　悠くんの腕の中で、これ以上熱があがらないようになんとか熱を逃がそうとしても。

「刺激止めないよ？　俺そこまで優しくないからね」

「ぅ……はるか、くん……もうやめて……っ」

「まだ俺の言うこと聞けない？　瑠璃乃はイケナイ子だね」

　唇に落ちてくるキスは相変わらず触れるくらいで、チュッてしたらすぐに離れて。

　触れてほしいところをうまく外して、でもじわじわ身体に刺激を与えてくるのが悠くんのずるいところ……っ。

「まだ悠って呼べてないもんね？」

「よ、呼べない……っ、はるか……くん」

　また弱い力で、少しずれたところをうまく触って。

「俺はね、瑠璃乃がどこ触られたらきもちいいとか、どん

なキスが好きとか……ぜんぶ知ってるからね」

「っ……」

「だから、今はとことん焦らして触ってあげない」

「うぅ……っ」

「俺のことたくさん欲しがって求めて……もっと可愛い瑠璃乃見せて」

　悠くんは変わらず余裕そうに笑って、じわりと熱を与えてくるだけ。

　触れるだけのキスじゃ、ちっとも発情が治まらない。

　むしろ、唇からほんの少し熱が伝わって余計に欲しさを煽られてるような気がする……っ。

「いつもより深くキスしてもらえなくて身体つらいね？」

「ぅ……っ」

　理性がほぼ機能してなくて、自分から少し強めに唇を押しつけても。

「……ダーメ。まだしてあげない」

　うまくかわされて、また熱がつのっていくばかり。

　息が苦しくて酸素がうまく取り込めないのか、頭がふわふわしてきてる。

「これだけじゃ物足りないんだ？」

　もう悠くんの声がうまく耳に入ってこない。

　早くこの熱をぜんぶ逃がさないと、ほんとに身体がおかしくなっちゃう。

「これ、取って……っ。はるかくんに、ギュッてできないのやだ……っ」

　さっきから一方的に触れられるだけで、わたしから触れられないのもつらくて。

「いつもみたいにギュッてして……っ」

　もう身体が熱くて限界で、悲しいわけでもないのに瞳に涙がたまってる。

「っ……、なに今の可愛すぎる」

　さっきまで余裕そうだった悠くんの表情が、少しだけグラッと崩れた。

　リボンをほどいてもらった瞬間、悠くんの首筋に腕を回してギュッて抱きついた。

「ちょっとイジワルしすぎたかな」

「すごくイジワル……っ」

「うん、そうだね。じゃあ、今からちゃんときもちいいのしてあげるから」

「っん……」

　さっきのゆっくり触れるキスじゃなくて、強く感触を押しつけてくる激しいキス。

　舌が入りこんで、絡め取って深いキスがずっと続いて。

「はぁ……っ、焦らした分すごい感度いいね」

「っ……ぅ」

　甘いキスにやっと身体が満足して……たまっていた熱が一気にパッとはじけた。

　目の前が真っ白になりかけて力がぜんぶ抜けきった。

　悠くんの腕の中でグタッとしながら息を整えてると。

　休む暇もなく身体がゆっくりベッドに倒されて、真上に

は熱っぽい瞳をした悠くん。

「まさかこれでおわるわけないよね？」

「ふぇ……？」

「俺まで熱くなってきちゃった」

「っ……!?」

「俺が満足するまでたっぷり付き合って」

　悠くんが求めてくることは、甘くて危険なことばかり。

愛したくて独占したい。～悠side～

「悠くん！　これ見てくださいっ！」

「ん？　どうしたの？」

「父が海外の珍しいチョコレートを送ってくれました！」

　にこにこ笑顔で、俺に駆け寄ってくる可愛い天使。

　俺の彼女でもあり、運命の番でもある瑠璃乃はとびきり可愛い。

　毎日どんな瞬間でも瑠璃乃が可愛くて仕方ない。

「あわわっ！」

「ほら、あんまり慌てると危ないよ」

　瑠璃乃って普段しっかりしてるのに、こういうドジなところもあるから目が離せない。

　転びそうになる瑠璃乃の身体をふわっと受け止めた。

「うっ、ごめんなさい……っ！　悠くんはケガしてないですか？」

「俺は平気だよ。瑠璃乃のほうこそケガしてない？」

「悠くんが受け止めてくれたので大丈夫ですっ」

　自然と上目遣いになってるのも死ぬほど可愛いなぁ。

　あぁ、今この瞬間をカメラに収めておきたかった。

　軽く触れる程度のキスを落とすと、瑠璃乃はキョトンとした顔をして。

「へ……？　あ、なんでキス、したんですか？」

「ん？　瑠璃乃が可愛すぎるからだよ」

「わたし可愛くないですよ？」

「うん、そういう天然なところも可愛いね」

　なんで自分が可愛いこと自覚してないかなぁ。

　もはや俺の世界で可愛いの対象になるのは瑠璃乃だけなのに。

　瞳は丸くてパッチリしてるし、顔は小さいし、唇ぷっくりしてて可愛いし。

　こんなに可愛いの世界で瑠璃乃くらいじゃない？

　しかも、瑠璃乃は見た目が可愛いだけじゃなくて、しっかり自立してる一面もある。

　瑠璃乃の両親は、いま日本を離れて海外で生活をしてる。

　瑠璃乃は俺と出会う前までは、アパートでひとり暮らしをしていた。

　しかも、両親を頼らず自分でバイトを掛け持ちして生計を立ててるくらい。

　瑠璃乃のすごいところはこれだけじゃない。

　俺が通ってる天彩学園に転入できたことだって、普通はぜったいありえないこと。

　そもそもこの学園に転入すること自体が無謀だと言われるくらい、天彩学園のレベルは高い。

　だけど瑠璃乃は前の学校で相当学力が高かったのか、あっさり転入の許可が下りた。

　普段の瑠璃乃はふわふわしていて、しっかりしてる面もあれば抜けてるところもあったり。

　結構ドジでよく転んだりするから、俺も心配が絶えない

んだよね。

　内面はだいぶ天然なところもあるけど、自分の意志を
しっかり持ってる真っすぐで芯の強い子。

　こんな魅力的な子、瑠璃乃以外にいないと思うんだよ
なぁ。

　俺自身、瑠璃乃に出会ってから瑠璃乃の魅力にどっぷり
はまっていくばかり。

　そもそも、出会った瞬間から俺は瑠璃乃に強く惹かれて
たんだけどね。

「悠くんも一緒にチョコレート食べましょうっ！！」

「そうだね。俺は瑠璃乃が食べたいかなぁ」

「えっ!?　わたしは美味しくないですよ!?」

　俺の言うこといちいち本気にして慌ててるの可愛い
なぁ。

　これが見たくていつもイジワルなこと言いたくなるんだ
よねー。

「はっ、その前にメイドのお仕事があるので着替えてきま
すね!!」

　俺専属のメイドなんだから、俺の相手だけしてくれてた
らいいのに。

　他のことなんて、ぜんぶ屋敷から使用人でも呼んでやら
せるのに。

　真面目な瑠璃乃は「それはダメです！　わたしは雇って
もらってるメイドなので！　それにお給料までいただいて
るのにお仕事サボるなんてできません！」って。

　メイドって以前に、瑠璃乃は俺の彼女なんだけどなぁ。

　彼女に尽くしたいと思うのは普通のことじゃん。

　それに彼女なんだから、もっとわがまま言ってくれたらいいのに。

　瑠璃乃は、めったにわがままを言わない。

　ってか、俺にあんまり甘えてこないんだよねー。

　俺は瑠璃乃が望むことはすべて叶えてあげたいし、どんなわがままだって聞きたいのに。

　瑠璃乃はそういうのを望んでいないのか、むしろ俺に尽くそうとしてくれるし。

　まあ、そういう控えめなところが瑠璃乃の良さでもあるんだけど。

　俺としては、もっと甘えてもらいたいんだよねー。

　瑠璃乃がメイド服に着替えてる間、俺はひとり部屋に放置されたまま。

　瑠璃乃が少しそばを離れるだけで、俺の体感的には３時間くらい過ぎてる。

　もう待てないから瑠璃乃が着替えてる部屋へ。

　軽くノックして、中からの返事を待たずに扉を開けた。

「ひぇ!?　あのっ、まだわたし着替えてます！」

「うん、着替えるの手伝ってあげようかなぁって」

　俺を見つけた途端、瑠璃乃はびっくりした様子で逃げるように部屋の奥へ。

「お、お手伝い不要ですっ」

「いいよ、遠慮しなくて。ってか、俺が瑠璃乃に触れたく

てもう限界」

　この世でこんなにメイド服が似合うのって瑠璃乃くらいじゃない?

　どうせなら、もっと丈が短いの用意したらよかったかなぁ。

　まあ、この絶妙に見えそうで見えない長さも好きなんだけどさ。

「瑠璃乃のメイド服姿って危ないよねー」

「あ、危ないですか?」

「なんか従わせたくなるっていうの?」

　俺の言ってることにピンときてない様子。

　キョトンとしてる顔も可愛いなぁ。

「俺に従順になってる瑠璃乃を想像したら興奮しちゃうね」

「えぇ!?」

　俺にされるがままになってる従順な瑠璃乃もたまらなく可愛いだろうなぁ。

　あーあ。想像したらそういうことしたくなるじゃん。

「ほら、俺が着替え手伝ってあげるからおいで」

　胸元にある大きなリボンに指をかけると、瑠璃乃がすかさず。

「悠くんお手伝いじゃなくて邪魔してませんか!?」

「リボンってほどくためのものでしょ?」

「結ぶためのものでもあります!」

　あたふた慌てる瑠璃乃を見るのを愉しみながら、シュルッとリボンをほどいた。

「このままぜんぶ脱がしちゃうね？」

「やっぱり邪魔してます！」

「あ、でも俺は着たまま少し乱れてるのも好きだなぁ」

「わたしの声聞こえてますか!?」

　ほんと可愛いなぁ。

　愛おしくて仕方ないからどうしようか。

「はいはい、おとなしくしようねー瑠璃乃ちゃん」

「ひゃっ……ぅ」

　小さくて華奢な身体を抱きしめると、俺の腕の中にすっぽり収まってる。

「お仕事する時間減っちゃいます……」

「メイドの仕事サボって俺と愉しいことしよ？」

「しません……！　晩ごはんの支度しないとお腹ペコペコになっちゃいますよ！」

「うん、俺は瑠璃乃のこと食べられたら満足かなぁ」

　ほんとに俺の彼女は可愛すぎて困っちゃうね。

＊　＊　＊

　結局、あれから俺は瑠璃乃に相手をしてもらえず。

　瑠璃乃はキッチンで楽しそうに夕食の支度をしてる。

　俺はそんな瑠璃乃をソファから眺めてるんだけど。

　すると、瑠璃乃の目線がパッと俺のほうに向いて。

「悠くん！　今日は肉じゃがとお魚を煮つけましたっ」

　はぁぁぁ……やっぱり可愛すぎて無理。

　こんな可愛い笑顔で言われたら、俺の心臓飛び出そうなんだけど。

「肉じゃがもいいけど、瑠璃乃のほうが食べたくなる可愛さだよね」

「肉じゃがのほうが美味しいですよ？」

「うん、瑠璃乃は今日もほんとに可愛いね」

「え、えっ!?　肉じゃがの話どこにいっちゃったんですか!?」

「あとで可愛い瑠璃乃も食べちゃおうかな」

　ここまで誰かに夢中になるなんて、少し前の俺からしたら考えられなかった。

　何もない俺の世界に飛び込んできた瑠璃乃の存在は、俺にとってはすごく特別なもの。

　瑠璃乃と出会う前の俺は、自分のことも将来のこともぜんぶテキトーで、どうでもいいと思ってた。

　どうせ俺の意見なんか誰も聞いてくれないって思ってたし。

　幼い頃から英才教育とやらをしっかり受けさせられて、自分は将来会社を継ぐにふさわしい人間にならなきゃいけないって、耳にたこができるくらい父親に言われてきた。

　何不自由ない生活で、決められたレールに沿って進んでいくだけ。

　はたから見れば、両親にも周りにも期待されて誰もが羨む環境で育ってきた。

　だけど、俺自身の中身は空っぽで、つまんないことばっ

かり。

そこに俺のはっきりした意志はなかった。

だから、気づいたら周りに合わせてテキトーに笑ってやりすごして。

いつしか、自分の意見なんかぜんぶどうでもよくなっていた。

父さんが俺に期待をしてるのは、自分の会社を存続させるためだけ。

それを証拠に、父さんは俺の次に会社を継ぐ後継者が欲しいゆえに、理想とするなら俺が運命の番と出会って、その相手と結婚することを望んでいた。

運命の番同士が結ばれて、その間に子どもができた場合。

遺伝子の相性が抜群だから、必然的に優秀な子が生まれてくる。

だから父さんは俺が運命の番と出会うことにこだわっていた。

けど、運命の番なんてそう簡単に出会えるものじゃない。

俺も瑠璃乃と出会う前までは、迷信だと思ってたし。

俺が18歳になる年まで待って、運命の番が現れなかったら強制的に見合いをさせられて、その相手と結婚するのが決まっていた。

──で、そしたらまさかの見合い当日に、番である瑠璃乃と出会った。

無理やり見合いに連れて行かれそうな俺を、瑠璃乃は助けてくれようとした。

　たとえ誰かが揉めているのに気づいたとしても、しょせん他人だし面倒ごとに巻き込まれたくないから無視するのが普通なのに。

　瑠璃乃はそんなのまったく気にせず、純粋に俺を助けようとしてくれた。

　それから少し強引だったけど、瑠璃乃の家に転がり込んで、おまけに俺専属のメイドとして働いてもらうことにもした。

　瑠璃乃の魅力にひとめ惚れしたっていうのもあるけど、一緒に過ごしていくうちに、どんどん瑠璃乃のよさが見えて俺が惹かれていくばかり。

　いま俺が瑠璃乃のことを大切にしたいと思う気持ちは、瑠璃乃が運命の番だからとかじゃない。

　瑠璃乃だから……心から大切にして、一生そばにいたいと思えるんだなぁって。

　こんなに誰かを守りたいと強く思ったのは、瑠璃乃がはじめて。

「俺さ瑠璃乃のこと好き……めちゃくちゃ好き」

「えっ、急にどうしたんですか!?」

「んー？　急じゃないよ。いつも思ってること」

　瑠璃乃さえいてくれたら何もいらない。

　そう思えるくらい、俺にとって瑠璃乃は特別な存在なんだよ。

＊　＊　＊

　毎日学園での授業は死ぬほど面倒だけど、昼休みになると瑠璃乃が俺の教室まで来てくれる。

　今日もいつもと変わらず瑠璃乃を待ってるけど、なぜか全然来ない。

　メッセージを送っても既読にならないし。

　まさか何かあったんじゃ？

　ただでさえ学園で瑠璃乃に会う時間は限られていて、すぐにでも顔を見たいのに。

　ってか、連絡取れないの心配なんだけど。

　あと少しくらい待とうかと思ったけど、心配すぎるから瑠璃乃がいる一般クラスまで行こうかなぁ。

　たまには俺が迎えにいくのもいいよね。

　──で、一般クラスに向かってる途中で事件は起きた。

　え、あの男俺の瑠璃乃になに気安く話しかけてんの？

　なんで俺以外の男とふたりっきりになってるの。

　中庭に瑠璃乃とまったく知らない男がひとり。

　男のほうは照れた様子で、何気に瑠璃乃と距離近いし。

　はぁぁぁ……俺の瑠璃乃は可愛いから困ったものだね。

　俺が目を離すとすぐこれだ。

　まあ、男が瑠璃乃を呼び出して、瑠璃乃は仕方なくついていったんだろうけど。

　瑠璃乃にあらためて教えておかないとなぁ。

　俺以外の男にはついて行くの禁止って。

　瑠璃乃は従順だから、俺が言えば聞いてくれるだろうし。

　ってか、相手の男も俺の瑠璃乃に手を出そうとするなん

ていい度胸してるよね。

「るーりの。こんなところで何してるの?」

　俺が声をかけると、男のほうは俺を見るなりギョッと目を見開いて、後ずさりしてるし。

　俺がここに来るのは想定外だったんだろうなぁ。

　——で、肝心の瑠璃乃は。

「は、悠くん!?　ど、どうしてここに!」

　俺が現れたことにびっくりして、あたふたしてる。

　ってか、なんで瑠璃乃の顔真っ赤なわけ?

　見るからに頬のあたりが赤いし、ものすごく照れた様子だし。

　瑠璃乃のこんな可愛い顔、俺以外の男が見るなんて許せない。

「瑠璃乃が俺のところに来ないから」

「え、あっ……遅くなってしまってごめんなさい……!」

　男に見せつけるように瑠璃乃を自分のほうへ抱き寄せて、けん制するように男を睨んだ。

「それで、俺の瑠璃乃に何か用?」

　怒りが抑えられないから、うまく笑えないなぁ。

　相手の男をさらに強く睨みつけると、慌てて俺たちの前から立ち去っていった。

「——で、瑠璃乃はどうしてそんな真っ赤なのかなぁ?」

「え!?　わたしそんな顔赤いですか!?」

　わー、すごい動揺っぷり。

　まさか俺以外の男から告白されて、ドキドキしたとか言

わないよね？

　瑠璃乃は俺が想像する斜め上のことを言いだすときがあるから心配が絶えない。

「告白されてたんでしょ？」

「え！　どうしてわかるんですか!?　も、もしかして悠くん話聞いてましたか!?」

　さらに慌てて都合が悪そうにあたふたしてる。

　瑠璃乃は嘘をつけないからわかりやすい。

　ってか、俺としても気が気じゃない。

　死ぬほど大事にしてる彼女が、他の男にドキドキしてたなんて言われたら、俺この場で気失いそうなんだけど。

「んー、聞いてたらどうする？」

「う……っ、恥ずかしい……です」

「何が恥ずかしいの？　ちゃんと話してくれないと、すぐにでも相手の男消しちゃうよ？」

「えぇ!?」

「俺の瑠璃乃に手出そうとするやつなんか始末するしかないでしょ？」

「ぅ……や、違うんです……。えっと、その……」

「なに？　早く話してくれないと俺嫉妬でおかしくなっちゃうよ？」

　今でも結構抑えてるつもりだけど、瑠璃乃の返答次第では容赦しないし。

「悠くんとお付き合いしてるって話をしたんです。それで、その……相手の男の子に悠くんのことだいすきなんです

ねって言われて」

　さらに頬を赤らめて、ギュッと目をつぶってとても恥ず
かしそうにしながら。

「わたしそんなわかりやすいくらい悠くんのことだいすき
なんだって思ったら、なんだかとても恥ずかしくなってし
まって」

　あぁ、なんだ。

　俺のこと好きすぎて相手の男に惚気ちゃったの？

　こういう瑠璃乃の天然なところもほんと可愛いなぁ。

「自覚はしてたんですけど、わたし悠くんのこと好きすぎ
ちゃってるんですね……っ！」

「可愛い……ほんと可愛すぎるよ瑠璃乃」

「悠くんは可愛いを連呼しすぎです！」

「瑠璃乃が可愛すぎるからだよ。これでもむしろ抑えてる
ほうなのにさ」

　俺の彼女はほんとに可愛さが異常すぎて、俺はその可愛
さに振り回されてばかり。

＊　＊　＊

　とある日の夜。

　今日は瑠璃乃が少しだけ俺に甘えてくれてる。

　ソファに座ってる俺に身体をあずけて、ギュッて抱きつ
いてきてるから。

　あぁ……眠そうにうとうとしてるの可愛すぎる。

「もう眠い？　ベッドいこっか」

「ん……悠くんはまだ眠くない……ですよね？」

「俺のことはいいの。俺がベッドまで連れて行ってあげるからね」

　瑠璃乃だけ先にひとりで寝かすわけにもいかないし。

　ってか、俺が瑠璃乃がいないと寝られないしね。

　ベッドの上にゆっくり瑠璃乃をおろして、そのままいつものように抱きしめて寝ようとすると。

　瑠璃乃がさらに俺に身体をすり寄せてくる。

　はぁぁぁ……なにこれ。

　今日は瑠璃乃が甘えん坊すぎない……？

　瑠璃乃の長い髪から俺と同じシャンプーの匂いがふわっとして、瑠璃乃のやわらかい身体が密着してる。

　いや、これフツーに変な気起こるよね。

　さすがに眠そうにしてる彼女に無理やり求めるようなことはしないけども。

　あー……何か別のこと考えて気をそらさないと。

「はるか……くん……？」

　あぁ、まって。上目遣い可愛すぎない……？

　薄暗い中でも瑠璃乃の可愛さは健在。

「ん？　どうかした？」

　眠くて目がとろーんってなってるのも最強に可愛すぎて、俺の理性がもうすでに死にかけてる。

　なんとか自分の中で触れたい衝動を抑え込んでるけど。

「いつもみたいに……してくれない、ですか……っ？」

「何かしてほしいことあるの？」

　瑠璃乃にねだられたら、俺なんでもしちゃうけど。

「寝る前……いつもキス、してくれるので。今日はしてくれないのかなって……っ」

　あーあ。そういえば、瑠璃乃は俺のこと煽るのも得意だもんね。

　今の可愛さで自分の中にある何かがプツリと切れた。

「せっかく寝かせてあげようと思ったのに」

　手出さないように我慢してたけど、彼女にこんな可愛い誘い方されたら我慢できるわけない。

「今のは煽った瑠璃乃が悪いよね？」

「へ……？」

　抑えていたものをすべてぶつけるように、小さな唇を塞いだ。

「んんっ……」

　ゆっくり瑠璃乃のほうへ重心をかけて、キスも少しずつ深くして。

　うっかり溺れそうになるくらい……瑠璃乃とのキスは甘すぎる。

　身体をピクッと震わせて、俺のシャツをキュッとつかんでくる仕草にまた理性がやられてる。

「ほら、苦しくなったらどうするんだっけ？」

「ぅ……はぁ……」

　ほんの少し口をあけて、甘い吐息がこぼれてる。

「もっとでしょ」

「んぅ……ふぁ」

　小さな唇を舌で舐めると、さっきよりも口元がゆるんで少し強引に自分の熱を押し込む。

「うぁ……んっ」

　あー……これヤバイなぁ。

　瑠璃乃の熱がきもちよすぎて、クラクラしてくる。

　キスの最中に漏れる甘い声も、ぜんぶ俺の理性を奪っていこうとする。

「きもちいいね。もっと欲しい？」

「ふ……っ、ぅ」

「ねぇ、瑠璃乃。俺の声聞こえてる？」

「ん……やぁ」

　キスに夢中でとろけた顔してるのが極上に可愛すぎて。

　瑠璃乃の肌に触れるとかなり火照ってる。

　きっと今の瑠璃乃は身体中どこも熱くて、じっとしていられない状態。

「瑠璃乃はここ触られるの好きだもんね」

「そこダメ、です……っ」

　身体に全然力入ってないし。

　付き合うようになってから、瑠璃乃の体質（たいしつ）が変わったような気がする。

　前は俺が求めてばかりで、瑠璃乃が発情することはあまりなかったけど。

「……こんなところでやめていいの？」

「っ……え？」

　キスも触れるのも、すべてピタッと止めると。

「熱くてもどかしいでしょ？」

「っ……」

　少し涙目になりながら、唇をキュッと噛みしめてるの可愛すぎる……。

「瑠璃乃がダメって言ったんだよ？」

「ぅ……」

　俺は瑠璃乃が欲しがれば、とことん甘やかしてなんでもしてあげるけど。

「俺は瑠璃乃が求めてくれるまで待つよ？　ただ……瑠璃乃が我慢できるかなぁ？」

　唇にはせずに、おでこや頬に軽く触れるキス。

　瑠璃乃が弱いところぜんぶ知ってるけど、今はそこをうまく外して。

　絶妙にもどかしいところを指先でなぞると、可愛い声を出して。

　でも、ほんとに触れてほしいところじゃないから満足してなさそう。

　瞳をうるうるさせて、じっとしていられないのかさっきから脚が少し動いてる。

　焦らされて欲しくてたまんないって顔してるの可愛い。

「はるか、……くん……っ」

　もどかしくて切なそうな声。

「ん？　どうしたの？」

　いつもは瑠璃乃が求めてくれたら、すぐに甘いことして

あげるけど。

　今はしてあげない。

　もっともっと……俺の与える刺激でおかしくなる瑠璃乃が見たい。

「そんな……触り方、やっ……です」

「じゃあ、どうしてほしいの？」

　言わせたい、求めさせたい。

　俺のこともっと欲しいってねだってる姿が見たい。

「いつもみたいに、たくさん甘くしてください……っ」

　我慢できなくなった瑠璃乃が、自分から唇を重ねてきた。

　うわ……なにこれ……破壊力ヤバすぎない……？

　自分の中にある熱がブワッと湧きあがって。

　瑠璃乃を求める欲がさらに強くなって。

「っ……、ほんと俺の瑠璃乃はどこまで可愛いの」

　もう理性なんてあてにならない。

　こんな可愛いおねだりされたら、もう抑えられない。

「今日は寝かせてあげないから──たっぷり甘いことしようね」

　俺はきっと一生、瑠璃乃の可愛さに溺れて抜け出せない。

我慢できない甘い一夜。

「これから3日間も瑠璃乃がいないなんて、俺は死ぬのかなぁ」

「そんなそんな！　たった3日です！」

「俺はもう生きた心地がしないよ」

　冬休みが明けて数日が過ぎた1月。

　今日から悠くんは、3日間授業をお休みしてお父さんの会社で簡単な研修を受けに行くことが決まってる。

　会社が用意したホテルに泊まりこみで研修なので、3日間だけ悠くんは寮に帰ってこない。

「瑠璃乃は寂しくないの？」

「ひとりは慣れてるので平気です！」

「はぁぁぁ……相変わらず瑠璃乃は寂しがらないねー」

　わたしをギュッと抱きしめたまま。

　悠くんは普段とても落ち着いているのに、たまにこういう甘えたがりな一面が出てくることも。

「じゃあ、研修頑張ったらごほうびくれる？」

「ごほうびですか？」

「そう。瑠璃乃がごほうびくれるなら頑張るよ」

「わ、わかりました！　悠くんが頑張ってくれるなら、ごほうびなんでもあげますっ！」

「んじゃ、甘い瑠璃乃がごほうびってことね」

「……？」

「とりあえず、迎えの車が来るまで３日間分たっぷりキス
しておこうか？」

「え、え……っ!?」

　こうして悠くんが満足するまで離してもらえず。

　やっと迎えの車が来て、わたしもその車に一緒に乗って
とある場所へ。

「さすがに寮に瑠璃乃をひとりにしておくのは心配すぎる
からさ。今回も歩璃の屋敷にあずけるのがいちばん安全だ
よねー」

「なんだかいつも歩璃くんのお屋敷に泊めてもらって申し
訳ないです。わたしがひとりでお留守番してたらいいだけ
のことで……」

「申し訳ないなんて思わなくていいよ。むしろひとりでお
留守番させるほうが、俺が心配でたまらないからねー」

　今回わたしは、悠くんのいとこである歩璃くんのお屋敷
で３日間お世話になることになっている。

　じつは歩璃くんのお屋敷に泊めてもらうのは今回がはじ
めてではなくて。

　秋くらいにも、悠くんが寮を空けたとき歩璃くんのお屋
敷に泊めてもらった。

　そのとき歩璃くんの運命の番でもある恋桃ちゃんとすご
く仲良くなって。

　わたしは勝手に可愛い妹ができた気分で、今回も会える
のが楽しみ。

　お屋敷に到着すると、歩璃くんがすでに待っていた。

「歩璃くん、こんにちはっ！　今日から３日間お世話にな
りますっ！」

「……どうも、こんにちは」

　あれれ。心なしか、なんだか機嫌が悪そう。

　もしや、わたしあんまり歓迎されてないのでは？

　そういえば、前にお屋敷に泊めてもらったとき。

　わたしがずっと恋桃ちゃんを独占してたから、歩璃くん
が拗ねてたって悠くんが言ってた。

　それでわたしのこと警戒してるのかな。

「あっ、瑠璃乃さん!!　お久しぶりです！」

「わぁ、恋桃ちゃん！　お久しぶりですっ！」

　少し遅れてメイド服を着た恋桃ちゃんがお出迎え。

　相変わらず笑顔がとても可愛くて、ふわふわしてる雰囲
気にキュンキュンしちゃう。

「今日から３日間もいてくれるんですよね！　うれしいで
す、瑠璃乃さんとお泊まりできるの！」

「はいっ。わたしも恋桃ちゃんと会えるのとても楽しみに
してましたっ！」

　歩璃くんが地味にすごい視線を送ってきてるような。

　恋桃ちゃんのこと渡したくないって、思いっきり顔に書
いてある。

　こういうところ悠くんと似てるなぁ。

「はっ、今日こそキャリーケース持ちます！　瑠璃乃さん
華奢なので骨が折れちゃったら大変です！」

「いえいえ！　これくらいじゃ折れないですよ！」

　恋桃ちゃんってば、ちょっと天然なところもあって可愛いなぁ。

「でもでも、瑠璃乃さんはお客さんなので！　瑠璃乃さんがケガでもしたら悠先輩が黙ってないですよ！」

　恋桃ちゃんがゲストルームまで案内してくれた。

　そういえば、前にわたしがバイトをしてたって話をしたら、恋桃ちゃんかなりびっくりしていて。

　それに、わたしのことをどこかのお嬢様だと勘違いしてたみたい。

　恋桃ちゃんはわたしの荷物を運んだあと、お屋敷の執事さんである綾咲さんのお手伝いにいってしまった。

　せっかくだから、前お泊まりしたときみたいに恋桃ちゃんと同じ部屋で寝たいなぁ。

　あっ、でもそうなると歩璃くんの許可をもらわないと。

　お屋敷内で恋桃ちゃんを探してると、偶然なのか歩璃くんとばったり遭遇。

「もしかして恋桃のこと探してます？」

「はいっ。恋桃ちゃんとお話ししたいなぁと思って！」

「まさか３日間も僕から恋桃を奪うんですか？」

「わたしは今日恋桃ちゃんとのお泊まりすごく楽しみにしてましたっ！」

　歩璃くんはわたしがグイグイお願いすると、断れないのかいつも渋々折れてくれる。

「やっぱり瑠璃乃さんは僕にとって強敵ですね」

「恋桃ちゃん可愛いですもんねっ」

「僕のほうが恋桃の可愛いところいっぱい知ってるので。瑠璃乃さんには渡しませんよ」

　悠くんから聞いた話だと、歩璃くんは小さい頃から恋桃ちゃんを一途に想い続けていたみたいで。

　やっと想いが通じ合って、ふたりは恋人同士になったって悠くんが言ってた。

* * *

「歩璃くん！　瑠璃乃さんが見てるんだから抱きつくのダメ!!」
「見せつけてるんだよ。恋桃が僕のだって」

　今ダイニングで夕食を終えたばかりなんだけれど。

　歩璃くんがわたしから恋桃ちゃんを取られないように、完全にガードしてしまってる。

「わたし今回も瑠璃乃さんの部屋に泊まるからね！」
「は、なんで。僕のことはどうするの？」
「歩璃くんはいつも一緒だもん」
「はぁ……まって。僕は瑠璃乃さんに負けたってこと？」
「だって瑠璃乃さんは３日間しかいないわけだし！　瑠璃乃さんすごく優しくてね、お姉さんみたいで話すのも楽しいの！」

　わぁ、恋桃ちゃんにそう言ってもらえてうれしい！

　恋桃ちゃんはにこにこ笑顔で、反対に歩璃くんはものすごく膨れちゃってる。

「はぁ……３日間も恋桃と離れるなんて僕死ぬのかな」

　なんだか悠くんも似たようなことを言っていたような。

　――と、こんな感じで歩璃くんのお屋敷での３日間があっという間に過ぎていき……。

　悠くんと会えない時間が続くと、寂しくなるかなぁと思ったけれど。

　恋桃ちゃんが一緒にいてくれたおかげで、３日間はとても楽しかった。

　今日このまま迎えの車で歩璃くんのお屋敷を出て、寮に帰る予定。

　悠くんも無事に研修を終えて帰ってくる。

「瑠璃乃さんがもう帰っちゃうなんて寂しいです……」

「落ち込まないでください恋桃ちゃん！　またすぐに遊びに来ますからっ！」

　帰ろうとしているわたしに、ギュッとしてくるとても可愛い恋桃ちゃん。

　このまま連れて帰っちゃいたい……！

「学園で瑠璃乃さんのこと見かけたら、声かけてもいいですか？」

「もちろんですっ！　わたしも恋桃ちゃんを見かけたら真っ先に声かけますねっ」

　わたしが恋桃ちゃんとラブラブしてる隣で、歩璃くんは黙り込んだままその様子を見ているだけ。

「それじゃあ、歩璃くんも恋桃ちゃんも３日間ありがとうございましたっ」

「悠には二度と寮を空けるなって僕から伝えておきます」
　これは遠巻きに恋桃ちゃんとの時間を邪魔しないでくださいって言われてる?
「歩璃くんは本当に恋桃ちゃんのことがだいすきなんですねっ」
「もちろんです。だいすきどころか、いくら愛しても愛し足りないくらいですよ」
「あ、歩璃くん!　なんで瑠璃乃さんにそんなこと平気で言っちゃうの!!」
「だって僕が恋桃のこと好きすぎておかしくなってるのは本当のことじゃん」
「お、おかしくなってるの!?」
「愛おしすぎて死にそうだよ」
「うぇぇ!?」
「ってか、3日間ほぼずっと恋桃に触れるの我慢してたんだからさ」
「ちょ、ちょっ……歩璃くん!?」
「ご主人様の僕をちゃんと満足させてよね、メイドの恋桃ちゃん?」
　なんだか恋桃ちゃん大変そう。
　……っと、こうしちゃいられない!
　わたしも悠くんより先に寮に帰ってないと。
　急いで迎えの車に乗って、本当はこのまま寮に帰ろうかと思ったけれど。
「あのっ、すみません。行き先を変更してもいいですか?」

　運転手さんに行きたい場所を伝えると、そこまで車で送り届けてくれた。

　降ろしてもらった場所は、とある駅の近く。

　じつは、この駅の近くのビルに悠くんのお父さんの会社があって。

　時計を確認すると、そろそろ悠くんがビルから出てきてもいいくらいの時間。

　迎えに行くことは伝えてないから、いきなりわたしがいたらびっくりするかな。

　すると、ちょうどスーツに身を包んだ悠くんがビルの中から出てきた。

「悠くんっ！」

　小走りで近づくと、悠くんはちょっと驚いた様子。

　そのまま悠くんの腕の中に飛び込むと、びっくりしながらもちゃんと受け止めてくれた。

「え、なんで瑠璃乃がここに？」

「悠くんを迎えに来ましたっ」

　まさかわたしが来るとは思っていなかったのか、いまだに悠くんがちょっと戸惑ってる。

「えっと、研修お疲れさまですっ！」

「はぁぁぁ、ありがと。瑠璃乃のほうから会いに来てくれるとか幸せすぎない……？」

「悠くんにちょっとでも早く会いたいなぁと思って！」

「まって。いま俺の心臓おかしくなった」

「えっ、大丈夫ですか!?」

「瑠璃乃に会いたすぎて、ついに幻覚見始めたのかと思ったよ」

「ま、またですか？」

「しかもさ、寂しいのは俺だけでしょ？　瑠璃乃はあんまり寂しがらないから」

　つぶれちゃうんじゃないかってくらい、悠くんがギュウッと抱きしめてくる。

「３日間瑠璃乃がそばにいないだけで、俺ほんとに死んじゃうかと思った。もう瑠璃乃がいないと生きていけない」

　今日は悠くんがいつもより甘えん坊で。

　さっきからわたしを抱きしめたまま。

「と、とりあえず寮に帰りますか？」

　ここ駅だから、こうしてると結構目立つし。

「せっかくだから、このままホテルのレストランで食事でもする？」

　こうして駅の近くのホテルで夕食をすませることに。

　ここのレストランは、悠くんが何度かお父さんと食事をするのに使っているみたい。

　本当は完全予約制らしいんだけど。

　悠くんのお父さんが、このホテルの経営に携わっているのもあって、なんと特別に個室を用意してもらえた。

　料理はコースで、どれもとても美味しかったし、久しぶりに悠くんと食事ができてすごく楽しかった。

　時刻は夜の８時を過ぎるころ。

　悠くんにロビーで待ってるように言われたので、ひとり

ソファに座って待つことに。

　それにしても、とても綺麗なホテルだなぁ。

　お金持ちの世界ってすごいなぁって感心してると、悠くんが戻ってきた。

「待たせてごめんね」

　悠くんの手にはカードキーのようなものが。

「せっかくだからさ、ここに泊まろうかと思って部屋取ってきた」

「えっ、泊まるんですか？」

　てっきりこのまま寮に帰るかと思ってたけど。

「今すぐ瑠璃乃とふたりっきりになりたいから」

　甘い声が耳元に落ちてきて、悠くんに手を引かれて今日泊まる部屋へ。

　なんとびっくりなのが、悠くんが取ってくれた部屋はこのホテルの最上階。

「わぁ、窓の外の景色（けしき）すごく綺麗ですっ！」

　部屋の中に入ると、街全体を一望（いちぼう）できるほど大きな窓一面にとても綺麗な夜景が広がってる。

　吸い込まれるように見惚れていると、背後にふと悠くんの気配がして。

「やっと瑠璃乃に触れられるね」

　後ろからギュッと包み込むように抱きしめられた。

　久しぶりの悠くんの温もりに、心臓がいつもより速く動いてる。

「ずっとさ、瑠璃乃の顔が見たくて声が聞きたくて仕方な

かったんだよ？」

「わ、わたしも悠くんに早く会いたかったです」

　身体をくるっと回して正面からギュッと抱きつくと、悠くんはもっと強い力で抱きしめ返してくれる。

「今の可愛すぎるからあと100回聞きたい」

「それは多すぎないですか？」

「ううん、むしろ足りないくらいだよ」

　さらっと唇にキスが落ちてきて、しばらく重なったまま。

　間近で視線が絡んでさらにドキドキ。

「……なんで俺の瑠璃乃はこんなに可愛いのかな」

　うっ……やっぱり今日の悠くんがとびきりかっこよくて直視できない。

　普段おろしてる前髪を軽くあげていて、スーツに身を包んで。

　それにいつもと違う大人っぽい香水の匂い。

　いつもより格段に色っぽくて、なんだか違う悠くんを見てるようでドキドキが止まらない。

「少し見つめ合っただけなのに顔真っ赤だね……可愛い」

「っ……」

「まだ慣れない？」

「な、なんだか悠くんの雰囲気がいつもより大人っぽくて見慣れなくて……っ」

「ドキドキしちゃった？」

「ぅ……はい」

「あぁ、今の素直な瑠璃乃も可愛すぎるよ」

　わたしのぜんぶを包み込むように抱きしめながら、甘く溶かすようなキスをして。

　唇が触れてる間も、悠くんはわたしを見つめたまま。

　キスが少し深くなって、悠くんのスーツをキュッとつかむとその手を優しく握ってくれる。

　しばらくして、ゆっくり唇が離れていって。

　じっと見つめ合うこと数秒。

　悠くんがふたたびゆっくり近づいてきて、おでこがコツンと触れた。

「ねぇ、瑠璃乃。俺が３日間頑張ったらごほうびくれるって約束覚えてる？」

　そういえば、そんな約束したっけ。

　でも、悠くんが欲しいごほうびってなんだろう？

「え、えっと、ごほうび何がいいですっ？」

　悠くんはしばらく黙り込んだまま。

　かと思えば、ゆっくり撫でるようにわたしの頬に触れながら。

「ごほうび……瑠璃乃のぜんぶちょうだいっていうのダメ？」

「へ……っ」

「……瑠璃乃のこと抱きたくてしょうがない」

　悠くんの瞳がいつもよりずっと熱っぽい。

　何かを強く欲しているけど、我慢するように抑え込んでるような。

「もうキスだけじゃ足りない……瑠璃乃のぜんぶ愛したい」

　唇をふわっと塞がれて、さっきと同じくらい甘くて溶け
ちゃいそうなキス。
　強引に迫るようなことはなくて。
　わたしの答えをちゃんと待ってくれてる。
　だから……わたしも……。
「瑠璃乃が嫌だって言うなら我慢する──」
「い、嫌じゃない……ですよ？」
　素直にこの言葉が出てきたのは、きっと今までずっと悠
くんに大切にしてもらったから。
「それに、悠くんには我慢してほしくないです」
　ギュッと抱きついて、軽く触れるだけのキスをわたしか
らすると。
　悠くんは少し戸惑った様子で、頭をガシガシかきながら
何かと葛藤してる様子。
「っ……、まって。ほんとにいいの？」
「いい、ですよ？」
「キスよりもっとしてもいいってこと……？」
「悠くんがしたいなら……っ」
　その瞬間、悠くんの表情がグラッと崩れて、甘くて余裕
のないキスが落ちてきた。
「……めちゃくちゃ大切に優しくする」
　身体がゆっくりベッドに倒されて、ギシッと軋む音が聞
こえて。
　いつもよりずっとずっと……キスが長くてゆっくり。
　触れてるだけのキスから、いつもみたいに少しずつ深く

なって。

　身体の内側がちょっとずつ熱くなって、うずき始めるまではほんとに一瞬。

「キスだけでもう熱くなった？」

「んっ……」

「……今からもっと熱くなることするのにね」

　ずっと唇にキスをしながら、身体に触れる手も少しずつ刺激を強くして。

　次第に唇に落ちていたキスが、身体中に落ちて甘く吸い付いて熱い。

「隠さないで瑠璃乃のぜんぶ見せて」

「やぁ……んんっ」

　抵抗する力なんか、まったく残っていなくて甘さにどんどん支配されていくばかり。

「もっと俺にぜんぶあずけていいよ」

「ぅ……っ」

「……瑠璃乃がきもちいいことしかしないから」

　甘い熱に呑まれてしまいそう。

　最初にあった恥ずかしさも、気にしていられる余裕なんかぜんぶなくなって。

「ふぁ……っ、ん」

「いま身体つらいね。もっと俺の手強く握っていいよ」

　甘さと熱さと痛みが襲いかかってきて、どうしたらいいのかわからない……っ。

　ただ、つながれてる悠くんの手を強くギュッてすると、

優しく包み込むようなキスをしてくれる。
　わたしが不安にならないように、何度も何度もキスをしてくれて。
　触れてくる手にも強引さはなくて、大切なものを扱うみたいで。
「俺いま幸せすぎておかしくなりそう……」
　この日の夜の悠くんは……何もかもとびきり甘くて……とっても優しかった。

たくさんの奇跡と幸せ。

　季節が巡るのは本当に早くて、気づいたらもう春を迎えた３月のこと。

　今日はわたしと悠くんが天彩学園を卒業する日。

「もう卒業なんて実感ないねー」

「そうですねっ。１年本当にあっという間でしたっ」

　朝、いつもより少し早起きをして卒業式に向けて準備中。

　相変わらず悠くんが制服を着せてほしいって甘えてくるので、お手伝いをしてる。

「こうやって瑠璃乃にネクタイ結んでもらうのも最後かぁ」

「悠くんは甘えすぎですよ」

「あ、でも俺が働くようになったらスーツ着るから、またネクタイやってもらえるね」

「わたしの話聞いてますかっ！」

「うん。俺と結婚したいんだよね？　じゃあ、卒業式が終わったら婚姻届書こうね」

　あわわっ、また悠くんが暴走し始めてる……！

　わたしの声ぜったい聞こえてない！

「結婚はまだ早いです!!」

「どうして？　もう年齢的に俺たち結婚できるのに？」

「だって、わたしたちまだ学生ですし。これから大学生活も始まるわけで」

　春休みに入ったら、今いる寮を出ていかないといけない。

　天彩学園にいる間は、メイド制度のおかげで悠くんと同じ寮に住むことができたけど。

　卒業したら、わたしは前に住んでいたアパートに戻る予定だった。

　だけど、悠くんが当たり前のように「高校卒業したら瑠璃乃は俺の屋敷に住んだらいいでしょ」って。

　それじゃ、わたしがただの居候になっちゃうと伝えても。

「だって俺が瑠璃乃と離れるなんて無理だよ？　瑠璃乃がそばにいないなんて考えられない」とまで言ってくれて。

　結局、お言葉に甘えることに。

　あと無事に大学進学も決まって、春休みが明けたら大学生になる。

「大学も瑠璃乃と一緒なんてうれしいなぁ。でも、瑠璃乃の制服姿を見られるのは今日までだね」

「高校生でいられるのも今日が最後ですもんね」

　なんだか卒業する実感がないなぁ。

　悠くんと出会っていなかったら、そもそもわたしは天彩学園に転入することもなかったわけだし。

「瑠璃乃の制服姿も見納めかぁ」

「……？」

　悠くんがにこにこ笑いながら、わたしの首元をなぞりながらリボンに触れて。

「リボンってほどきたくなるよねー」

「っ!?　ダメですよ！　もう少しで寮を出ないと卒業式に間に合わな──」

「まだちょっと時間あるでしょ？」

　シュルッとリボンをほどいて、ブラウスのボタンにも指をかけてる。

「ぅ……ダメだって言ってるじゃないですかぁ……っ」

　悠くんの胸元をポカポカ叩いても、危険な笑顔を崩さないまま。

「可愛い瑠璃乃が悪いんだよ」

　せっかく結んであげたネクタイを軽くクイッとゆるめながら、わたしの首筋に唇を這わして。

「そんな吸っちゃ、や……っです」

「きもちいいもんねー？　ほら、もっと熱くしてあげるからね」

　触れてくる指先も唇もぜんぶイジワルで、わたしの身体にわざと甘いことばっかりしてくる。

　身体の内側がジンジンして、脚にうまく力が入らない。

「ここ好きでしょ？」

「ひぁ……っ」

「ほら可愛い声出た」

　膝からガクッと崩れそうになっても、すぐに悠くんがわたしの腰に手を回して。

　抱き寄せながら触れるのをやめてくれない。

「はぁ……っ、ぅ……もう……」

「息荒くなってるね？　欲しくてたまんないの？」

　頭がふわふわして、悠くんから与えられる甘い刺激が全身に響く。

「とろけた顔して……ほんと可愛いなぁ」

「っ……、そこ強くしちゃ……」

「ん？　あぁ、ここきもちよくて抑えられないのかな」

　絶妙な場所に触れながら、わざと弱めたり強くしたり。

「キスしてあげないと……瑠璃乃の身体普通に戻らなくなっちゃうね」

　止めなきゃいけないのに、理性が機能しなくて欲しくなるばかり。

「俺はこのままでもいいよ？」

「やっ、ぅ……っ」

「甘く乱れた瑠璃乃が可愛すぎるね」

　悠くんの甘い攻撃に、いつもいつも振り回されてばかりです。

*　*　*

　卒業式が始まるまでは教室で待機（たいき）。

　クラスメイトの子たちはみんな自由に写真を撮（と）ったり話をしたり。

　わたしも茜子ちゃんと話してるけど、お互いあんまり卒業するって実感がなくて。

「なんだか今日で卒業なんて信じられないわ。明日もここに来るような感覚よね」

「わたし間違えて明日登校してきちゃいそうだよ！」

「瑠璃乃は抜けてるところあるものね」

　こうして茜子ちゃんと話すのも今日が最後なんだ。

　明日から会えなくなっちゃうの寂しいなぁ……。

「瑠璃乃とは１年だけだったけど、仲良くしてくれてありがとうね」

「わたしのほうこそありがとうだよっ！　茜子ちゃんがいなかったら、わたしひとりぼっちだったから！」

　天彩学園に転入してきたばかりのとき、茜子ちゃんがいちばんに声をかけてくれて友達になってくれたから。

「高校で会うのは今日が最後だけど、卒業してからも会ってよね？　碧咲くんの相手ばかりじゃなくて」

「もちろんっ！　春休みぜったい遊ぼうねっ！」

「そういえば、瑠璃乃は卒業しても碧咲くんと一緒に暮らすの？」

「う、うん。悠くんのお屋敷で今と変わらず一緒に住む予定かな」

「あらまあ。もう結婚するのかしら」

「そ、それはまだ早いような！」

「だけど碧咲くんが瑠璃乃にぞっこんじゃない？　もうプロポーズされたも同然でしょ。瑠璃乃のことぜったい手離さないわよね」

「ど、どうかな。飽きられちゃうことだってあるかもしれないし！」

「あんなに溺愛されててよく言うわよ。この前だってわたしと出かけるだけで散々心配して、移動の車まで用意して。最終的には碧咲くんが迎えに来たじゃない」

「あれは悠くんが過保護すぎるだけで！」

「過保護というより、あれは瑠璃乃への愛が異常なのよね。もはや瑠璃乃のそばには女のわたしですらも近づけたくないんじゃない？」

「でも、悠くんいつも茜子ちゃんと遊びに行くならいいよって言ってくれるし！」

「それは運転手兼監視付きでしょ？　ここまで愛されてるのすごいわ」

　茜子ちゃんは、やれやれと少し呆れ気味。

「いつか瑠璃乃が部屋に閉じ込められないか本気で心配だわ。碧咲くんなら監禁とかやりかねなさそうだし」

「さすがにそこまではしないんじゃ……」

「碧咲くんみたいな、温厚でにこにこしてるタイプこそ何を考えてるかわかんないから怖いのよ」

　たしかに悠くんってたまに、にこにこ笑いながら物騒なこと言ってるときがある。

「碧咲くんは瑠璃乃への愛情がすごすぎるのよね。まあ、瑠璃乃が可愛くて仕方ないのはわからなくもないけど」

　付け加えて「こんなこと言ったら、あとで碧咲くんに恨まれそうね」なんて。

「結婚式は呼んでよね？　瑠璃乃のウエディングドレス姿を見られる日も近いわね」

「うぅ……茜子ちゃん気が早いよ!!」

　悠くんといい、茜子ちゃんといい。

　まだわたしたちは学生で、結婚なんて先の未来のことな

のに。

＊　＊　＊

　無事に卒業式が終わって、ホームルームも終了。
　最後クラスメイト全員で写真を撮るために中庭に移動。
　悠くんも少し前にホームルームが終わって、中庭まで迎
えに来てくれるみたい。
　中庭はとても広いから卒業生や先生、在校生たちがみん
な集まってる。
　その中にはなんと。
「瑠璃乃さん、お久しぶりです」
「あっ、楓都くん！」
　楓都くんもお祝いに来てくれた。
「卒業おめでとうございます。相変わらずとても可愛いで
すね」
「え、あっ、ありがとうございますっ！」
「悠くんはまだ来てないんですか？」
「もうすぐ来るってさっき連絡があって」
「じゃあ、瑠璃乃さんの卒業をいちばんに祝ったのは僕で
すね。最後くらい僕が瑠璃乃さんのこと独占してもバチあ
たらないですよね」
　スッとわたしの手を取って、ピンクの小さな紙袋を渡し
てくれた。
「これ僕から卒業のお祝いです」

「わぁ、いいんですかっ！」

「瑠璃乃さんが好きなマカロンです。よかったら食べてください」

「うれしいですっ。ありがとうございますっ！」

　なんだか楓都くんは弟みたいだなぁ。

　そうなると美楓ちゃんは可愛い妹みたいな存在かな。

「本当はバラの花束と結婚指輪を用意しようと思ったんですけどね」

「えぇっ!?」

　あまりにさらっとすごいこと言われて、びっくりしていたら。

　楓都くんから遠ざけるように、後ろからものすごい力で引っ張られて。

「楓都はほんと懲りないねー。瑠璃乃は俺のだって何回言ったらわかるの？」

　この声は悠くんだ。

「わー、悠くん登場が早いね。もっと遅れてきたらよかったのに」

「俺の可愛い瑠璃乃に変な虫がつかないか心配でね」

　悠くんと楓都くんを交互に見ると、ふたりとも笑顔だけど見えない火花が散ってるような。

「最後くらいおとなしくしてくれたらいいのに。悠くんは抜かりないね」

「楓都はとくに要注意だよねー」

　楓都くんに見せつけるように、わたしをがっちり抱きし

めて離してくれそうにない。

「まあ、悠くんはせいぜい瑠璃乃さんに見捨てられないようにね」

「楓都はほんと口が達者だよねー。もっと俺の卒業祝う気持ちないの？」

「いっそのこと美楓と悠くんがくっついたらいいのに。そうしたら、僕が瑠璃乃さんをさらっていけるのにさ」

「俺の声まったく聞こえてないね」

　すると、少し遅れて美楓ちゃんもお祝いに駆けつけてくれて。

「うぅぅぅ瑠璃乃さぁぁんっ！」

「み、美楓ちゃん!?」

　大泣き状態の美楓ちゃんが、ものすごい勢いでこっちに走ってきてるではないですか。

「うぅっ、瑠璃乃さん……っ、うぅ……」

「あわわっ、そんなに泣かないでくださいっ」

　大きな瞳に涙をためて、さらに泣き出してしまった美楓ちゃん。

「瑠璃乃さんともう会えないなんて悲しすぎます……！」

「えっと、学園を卒業するだけなのでいつでも会えますよ？」

　ハンカチで涙を拭いてあげると、美楓ちゃんはまた瞳をうるうるさせてる。

「もういっそのこと瑠璃乃さんが美楓のメイドになってほしいです……。悠くんに渡したくないです」

「えぇ!?」

「ほんとは、悠くんのこと好きだからずっと追いかけようと思ってたんですけど、瑠璃乃さんみたいな素敵な人ならしょうがないです。美楓も瑠璃乃さんのことだいすきなので……っ!」

「わー、悠くんまたライバル出現じゃん。僕も瑠璃乃さんのこと欲しいし、美楓まで瑠璃乃さんに夢中だし」

「美楓はすっかり瑠璃乃に懐いちゃってるね。楓都にも美楓にも言ってるのになぁ、瑠璃乃は俺のだって。誰も聞かないじゃん」

「だってだって、美楓が目指すのは瑠璃乃さんみたいなとっても素敵な女の人になることで!　悠くんより素敵な王子様と出会えることに期待してるもん!」

　美楓ちゃんはとっても可愛くて、明るくて純粋だから王子様とすぐに出会えそうな気がするよ。

「ってか、美楓が瑠璃乃さんに抱きつくのありなら、僕も最後くらいありだよね?」

「楓都は何おかしなこと言ってるのかなぁ?　美楓は100歩譲ったとしても、楓都はダメに決まってるでしょ。俺の瑠璃乃に触れたらソッコーで消すよ?」

「わー、怖い。悠くんの瑠璃乃さんへの愛情は相変わらずすごいね」

「あんまり俺のこと煽らないほうがいいよ?」

「はぁ……はいはい。美楓、あんまり瑠璃乃さんに引っ付いてるとそのうち悠くんがブチ切れるよ」

「え〜、まだ瑠璃乃さんと話したいのに!!　今から写真
100枚撮らないと美楓の気がすまないの!!」

「悠くん怒らせると誰も手におえないから。瑠璃乃さんの
ことになると、美楓でも容赦しないと思うよ?」

　楓都くんは呆れ気味で、美楓ちゃんはちょっと不満そう
な様子。

　悠くんは相変わらず笑顔でふたりのことを見てる。

「瑠璃乃さんっ、またお屋敷に遊びに来てください!!　瑠
璃乃さんの好きな甘いものたくさん用意して待ってま
す!!」

「もちろんですっ!　わたしも美楓ちゃんとお話しするの
好きなので春休みにまた遊びに行きますねっ」

　楓都くんも美楓ちゃんも本当にいい子だなってあらため
て実感。

　ふたりとこうして出会うことができたのも、いろんな巡
り合わせがあったからこそだと思うから。

　この出会いをこれからも大切にしていきたいな。

　そのあと歩璃くんと恋桃ちゃんも来てくれて、春休みに
悠くんと一緒に4人で旅行することも決まった。

　いろんな人にお祝いしてもらえて、今日という日を迎え
られたことがわたしにとってはとても幸せなこと。

＊　＊　＊

　あれから悠くんと一緒に寮に帰ってきた。

　明日から悠くんのお屋敷に住むためにいろいろ準備をする予定。

　だから、今日はこの部屋で過ごす最後の夜。

　いつもどおりメイド服に着替えようとしたら。

「るーりの。何しようとしてるの？」

「あっ、メイドのお仕事あるので着替えようかなと」

「今日は何もしなくていいって言ったでしょ？」

「そうですけど、やっぱり何かしないとって！」

「じゃあ、俺と朝まで愉しいことしよっか」

　着替えもせずに、そのままなぜか寝室へ。

　ベッドの上に座らせられて、悠くんが少し前のめりで迫ってきてる。

「あ、あのっ、悠くん？」

「そういえば制服着たまましたことなかったね」

　にこっと笑いながら、右手がスッとスカートの中に入り込んで太もものあたりに触れてる。

「せっかくだから脱がないでしよっか」

「ま、待ってください……！　昨日の夜だって……」

「昨日は昨日でしょ？　俺はいま瑠璃乃のこと抱きたくてしょうがないの」

　甘くて危険な誘い込むようなキスが落ちて、甘く溶かされて。

「ほら少し見える瑠璃乃の肌……こんな熱くなってるね」

「ひぅ……っ」

　ブラウスの隙間（すきま）からうまく指を滑り込ませて、焦らすよ

うな手つきで触れて。

　目の前がチカチカして、身体にもうまく力が入らない。

「ぅ……いまダメ……んっ」

「何がダメなの？」

「そんな強くされたら……っ」

　甘い波が襲ってきて。

　クラクラして、ぜんぶ流されちゃいそう……。

　それでも悠くんは刺激を止めてくれない。

「ほらキスにも集中しようね」

「や……っ、はるかくんの舌噛んじゃう……っ」

「……いいよ。それくらいの痛み受け止めるから」

　これでもかってくらい……たっぷり甘い時間が続いた。

＊　＊　＊

「そ、それでどうして一緒にお風呂に入るんですかぁ……！」

「だって瑠璃乃ひとりじゃお風呂入れないでしょ？」

「そ、それは悠くんが……っ！」

「俺がどうしたの？　激しくしちゃったから？」

「ぅ……っ」

　本当ならひとりで入るはずだったのに、なぜか強制的に悠くんと一緒にお風呂へ。

　いつもなら広く感じるバスタブも、ふたりだとちょっと狭く感じるし、それに……。

「何気に一緒にお風呂入るのはじめてだもんねー？」

「やっ……そんなくっつかないで、くださいっ」

　お互いの肌がピタッと触れ合って、慣れない感覚。

「ほら抵抗しないの。暴れたら瑠璃乃の身体にもっと甘いことするよ？」

「もうしちゃダメ、ですっ」

「でもさっきは瑠璃乃がもっとしてって──」

「わぁぁぁ……!!　そ、それは恥ずかしいので忘れてください……っ、うぅ……」

　このままお湯の中に隠れたい……。

「今さらじゃない？　ベッドでぜんぶ見てるのに」

「もうわたし一生悠くんとお風呂入らないです……！」

「えー、なんでそうなるの？　俺寂しくて泣いちゃうよ？」

「泣いちゃえばいいです……！　わたしは恥ずかしくて無理なんですっ……！」

「わー、瑠璃乃ってば冷たいなぁ」

　クスッと笑って、後ろからイジワルな手がそっとお腹のあたりに触れて。

「ここだと瑠璃乃のこと触り放題だもんね？」

　その手がどんどん上にあがってる。

「さっきあんなにしたじゃないですかぁ……！」

「あれくらいで俺が満足すると思う？」

　悠くんのキャパいったいどうなってるの……！

「お風呂から出たら……またしよっか」

「へ……っ？」

「瑠璃乃がバテるまでずっと求めちゃおうかなぁ」

「ふぇ……!?」

「あ、それともここでこのままする？」

「し、しませんっ……！」

　今もこんなに甘い時間が続いているのに。

　悠くんの甘さは加速度を増していくばかり。

「これから先もずっと──たっぷり愛してあげる」

End

番外編

かけがえのない未来。

　桜が咲く季節が巡って、何度目かの春を迎えた。

　わたしと悠くんは、同じ大学に通って——気づけば大学を卒業して５年ほどが過ぎた。

　悠くんはお父さんの会社を将来的に継ぐことが決まっているので、今は日本にある支社に配属されて毎日とても忙しそう。

　大学を卒業したと同時にマンションを借りて、５年経った今もそこで生活をしてる。

　大学を卒業して悠くんの就職が決まったタイミングで、あらためて悠くんからプロポーズをしてもらえて。

　結婚しても、高校生のときと変わらず悠くんと一緒に過ごす日々。

　だけど、ひとつだけ大きく変わったことが——。

「悠乃っ!!　そろそろお風呂に入る時間だからこっちおいで！」

「やだやだっ。悠乃は今お風呂に入りたい気分じゃないのっ」

　ただ今の時刻は夕方の４時を回った頃。

　わたしは部屋の中を走り回る自分の娘を必死に追いかけてます。

　大学を卒業してから悠乃が生まれて、今は３人で平和に暮らしてるんだけど。

「悠乃は今テレビ見てるのっ！」

　今年4歳になった悠乃は自我がすごくて、この通りわたしの言うことをあまり聞いてくれません。

　夕食の前にお風呂に入ってほしいんだけどな……。

「お風呂なんてしらな〜い！」

「わわっ、待って悠乃！」

　玄関のほうへ逃げていく悠乃を追いかけていくと。

「今日も瑠璃乃と悠乃は楽しそうだなぁ」

「パパ!!　おかえりなさいっ！」

　タイミングよく悠くんが仕事から帰ってきた。

　今日は土曜日だけど、休日出勤ということでいつもより帰宅の時間が早い。

　悠乃がうれしそうに悠くんに飛びつくと、悠くんもうれしそうな顔をして悠乃をそのまま抱っこ。

「あわわっ、悠くんおかえりなさい！」

「瑠璃乃は今日も悠乃に逃げられちゃったんだ？」

　悠乃を抱きあげたまま、わたしの頭を軽くポンポン撫でてくれる。

「ママがね、お風呂入りなさいって悠乃のこと追いかけてくるの！」

　最近悠乃は困ったことがあったり、嫌なことがあると悠くんに甘える癖がついてしまってる。

「んじゃ、パパと今から公園で少し遊んでからお風呂にしよっか？」

「えっ、ほんとに!?　公園行く〜！」

　悠くんは悠乃の機嫌を取るのがとても上手。

　さっきまであんなにお風呂を嫌がっていたのに、今はとっても楽しそう。

「悠くんお仕事で疲れてないですか？」

「全然いいよ。それに、瑠璃乃にぜんぶ任せっきりにしたくないからね」

　高校生の頃から今も、悠くんはずっと優しい。

　家事も育児も進んでやってくれて……こんなに素敵な旦那さん悠くん以外いないんじゃないかな。

＊　＊　＊

「チョコおいしいっ！」

　悠乃はチョコレートが大好物で、いつもお風呂から出たら少しだけ食べさせてあげるんだけど。

「もっとチョコ食べたぁい！」

「そんなに甘いもの食べたら虫歯になっちゃうでしょ？」

「ママだって甘いものよく食べてるのにっ」

　うっ……それはそうなんだけど。

　最近、悠乃の口が達者になってきてわたしが簡単に言い負かされちゃいそう。

　悠乃のこういうところ悠くんに似てきてる気がする。

「ママは大人だから！」

「え～、ずるい!!　悠乃だってもう大人だもんっ」

　うぅ……こういうときなんて言ったら子どもは納得して

くれるんだろう。

　あたふた困ってると、またもや救世主の悠くんが登場。

「悠乃どうした？」

「ママが甘いものあんまり食べちゃダメって言うの！　虫
歯になっちゃうって」

　悠くんのことだから、悠乃のこと甘やかしすぎていくら
でも食べていいよとか言っちゃわないかな。

「んー、それはママの言うとおりにしないとなぁ」

「えぇ〜、どうしてっ？」

「ママは悠乃のこと思って言ってくれてるんだよ？　悠乃
が虫歯になっちゃったら、痛い思いをするのは悠乃だから
なぁ」

「痛いのやだ!!」

「じゃあ、ママの言うとおり甘いものは少しにしておこう
ねー？　あと寝る前にちゃんと歯磨くって約束できる？
悠乃はいい子だからできるよなぁ？」

「うんっ。じゃあ、パパも一緒に歯磨きしようねっ」

　さっきまでとは打って変わって、悠乃は上機嫌に。

　悠くんは悠乃に甘いことが多いけど、しっかり教えな
きゃいけないことはうまく伝えてるからすごいなぁ。

　……って、母親のわたしが感心してちゃダメなのに。

　もっと悠くんを見習わないと……。

＊　＊　＊

　悠乃を寝かしつけたあと。

　夜少しだけ悠くんとふたりっきりの時間ができる。

「瑠璃乃は相変わらず悠乃に押されてるね」

「あんまり強く言いすぎると、すぐにぐずっちゃうので難しいです」

「瑠璃乃はいつも充分頑張ってるよ」

「わたしのほうが悠乃と一緒にいる時間が長いのに……。悠くんのほうが悠乃のことわかってて、わたし全然ダメですね……」

「落ち込む必要ないよ。瑠璃乃には俺がついてるんだしさ」

　わたしがシュンとしても、悠くんは優しい言葉ばかりかけてくれる。

　こんなに優しくて、職場の女の人たちからも人気あるのかな。

　高校生の頃よりもずっと大人っぽくなって、ますます心配になるばかり。

　まだまだわたしの心が狭いのかな。

「瑠璃乃？　どうしたの、そんな難しい顔して」

「えっ、あ……えっと」

「……？」

「職場の女の人にごはん誘われたりしないですか？」

　……って、聞くの突然すぎたかな。

　悠くんはちょっとびっくりした様子で、でもすぐに答えてくれた。

「声かけられることあるけど、瑠璃乃と悠乃が待ってるか

ら断ってるよ」

「ほ、ほんとですか？」

「俺が愛してるのはこの世で瑠璃乃だけなんだけどなぁ」

「うっ……今の心臓に悪いです……！」

「まだ不安になっちゃうんだ？」

「悠くんかっこいいので、他の人が夢中になっちゃわないか心配です」

「そんな心配する必要ないくらい……俺は瑠璃乃しか興味ないのにね」

　わたしが欲しい言葉をくれるところも、昔と全然変わらない。

*　*　*

　また別の週末。

　今日は土曜日で、本来なら家族3人でまったりした休日を過ごせる予定だったんだけれど。

「あー、また休日出勤とかついてないなぁ。せっかく瑠璃乃と悠乃と過ごせる日なのにね」

　急な案件が入ったので、悠くんは今から会社に向かうためにスーツに着替えてる。

　高校生の頃と変わらず、ほぼ毎日悠くんのネクタイを結んであげるのが日課。

「瑠璃乃ネクタイ結ぶの手慣れたよねー」

「毎日結んでるからですかね」

「高校はリボンだったのにね？」

「悠くんがネクタイやってほしいって甘えてくるから慣れたんですよ」

　最後にキュッと結ぶと、同時に唇にふわっとキスが落ちてきた。

「ほんとはもっと甘えたいんだけどなぁ」

　悠くんがにこにこしてるときは、何かよからぬことを考えてるのも昔から変わらない。

「悠乃が来ちゃいますよ」

「今テレビに夢中だよ？」

「早く支度しないと遅れちゃいます」

　近づいてくる悠くんを押し返すと、にこっと笑ったまま迫ってきて。

「じゃあ、もういっかいだけ」

「……んっ」

　さらっと唇を奪われて、少しの間触れたまま。

　ちょっと息が苦しくなって、スーツの裾をキュッと握る。

「そんな可愛い声出されたら仕事行けなくなるね」

「っ……ダメですよ」

　唇を少しずらしても、うまく合わせて押しつけてくる。

「そんな可愛い顔して……煽ってるの？」

「んぅ……っ」

「あと少し俺が満足するまで……ね」

　甘いキスに逆らえなくて──悠くんが満足するまでされるがまま。

　寝室からリビングへ戻ると、悠乃が自分で着替えをすませてわたしたちのところに笑顔で駆け寄ってきた。
「パパ〜見てっ。このワンピース可愛いでしょっ？　悠乃が自分で選んだんだよっ？」
　最近なんでも自分でやりたがるから、洋服を選ぶのも髪型もぜんぶ悠乃が決めてる。
「悠乃は本当に可愛いねー。パパは悠乃のことが可愛すぎてなんでもしてあげたくなっちゃうなぁ」
　この通り、今日も悠くんは悠乃にベタ惚れ状態です。
　悠くんが家を出る時間になって、いつも悠乃と一緒に玄関までお見送りするんだけど。
　悠乃はまたテレビに夢中になってるので、今日のお見送りはわたしだけ。
「あれ、悠乃は来てくれないんだ？」
「今アニメに夢中みたいですね」
「俺はテレビ以下かぁ、寂しいね。またケーキでも買ってきて悠乃のご機嫌取らないとなぁ」
「あんまり甘やかすのダメですよっ！」
　悠くんは悠乃が欲しいって言ったものはなんでも買い与えちゃうし、行きたいって言った場所はどこだって連れて行ってあげちゃうから。
「ってかさ、すごく今さらだけど瑠璃乃ずっと俺に対して敬語だよねー」
「うっ……すみませんっ。つい癖で」
「俺たち出会ってからだいぶ経つのにさ？　いい加減敬語

やめて悠って呼んでもいいんじゃない？」
「それはハイレベルすぎますっ！」
「んじゃ、呼んでくれない罰として……朝まで瑠璃乃のこと抱きつぶしちゃおうかな」
「ななっ、そんなことしちゃダメですっ！」
「瑠璃乃に拒否権ないのにね」

＊　＊　＊

　悠くんが仕事に出かけてから2時間くらいが過ぎた頃。
「ゆーの。今からママとお出かけしよっか！」
「どこにお出かけするのっ？」
「パパの会社だよ。パパがね、お家に忘れ物しちゃったから悠乃と一緒に届けてほしいんだって」
　さっき電話で午後から使う資料を書斎に置いてきちゃったから、届けてほしいって連絡があった。
　悠乃と一緒に電車で向かうと伝えると、『いや、それはぜったいダメ。誰に狙われるかわからないでしょ。迎えの車呼ぶからそれで来て』とのこと。
　悠くんの過保護っぷりは変わらず。
　30分くらいしてから迎えの車が来たので、それに乗って悠乃とふたり悠くんの会社へ。
　駅の近くということもあって高層ビルがたくさん並んでいて、オフィス街って感じだなぁ。
　会社のエントランスを抜けて、受付の人に悠くんを呼び

出してもらった。

「瑠璃乃、悠乃。急に来てもらってごめんね」

「大丈夫ですっ。悠乃も悠くんに会いたがってたので」

「パパの忘れ物ね、悠乃が持ってきてあげたんだよ！」

「わー、ありがとう。悠乃が来てくれなかったら、パパ会社の人に怒られちゃうところだったよ」

　悠くんはまだこのあとも仕事があるだろうから、悠乃を連れてこのまま帰ろうと思ったんだけど。

「せっかくだから外でごはん食べよっか」

「パパとお昼ごはん食べられるのっ？」

「うん、もちろん。パパ美味しいお店知ってるからママと３人で行こっか」

　もうすぐ休憩時間みたいだから、会社の近くにあるカフェでお昼を食べることに。

　わたしたちが来ることがわかっていたから、あらかじめ予約を入れてくれたみたい。

　お昼の時間帯で混んでいたけど、すんなり席へ案内してもらえた。

　それから３人で食事をすませて、時計の針はお昼の１時を回っていた。

　そろそろ悠くんは会社に戻らなきゃいけない時間。

「悠くんはまだお仕事あって大変だと思うので先に戻ってください！　迎えの車が来たら悠乃と帰るので！」

「瑠璃乃と悠乃が車に乗るまでちゃんと見送るよ」

「そこまで心配しなくても大丈夫ですよ？」

「もし俺が離れた瞬間に何かあったらどうするの？　ってか、ふたりがちゃんと車に乗ったところ見ないと仕事に集中できないからさ」

　結局、迎えの車が来るまで悠くんは会社に戻らず。

　車に乗ってから窓を開けると、悠くんはまだ心配そうにしていて。

「家に着いたらぜったい連絡して」

「はいっ、わかりました！」

「俺も帰る時間になったら連絡するから。今日残業（ざんぎょう）になるかもしれないから、遅くなったら悠乃と先に寝てて」

「わたしは起きて待ってるので。えっと……早く帰ってきてくれたらうれしいです……っ」

　思ってることを素直に伝えると、悠くんは深くため息をついて頭を抱えて。

「あぁ、俺の奥さんはなんでこんな可愛いの……。そんなこと言われたら仕事速攻終わらせて帰るに決まってる」

　こうして悠くんと別れて、悠乃と一緒に帰ることに。

　悠くんの会社に行けたのが相当うれしかったのか、車の中でもずっとご機嫌な悠乃。

「パパのお仕事の場所すごく綺麗だった！　大きくてピカピカしてた！」

「そうだね。パパはいつもママと悠乃のためにお仕事頑張ってくれてるからね」

「頑張ってるパパかっこいい〜！」

「ふふっ、悠乃はパパのことだいすきだね」

　今の悠くんが聞いたら、とってもよろこびそう。

「パパもママもだいすきっ！　ママは悠乃のことすき？」

「もちろんっ！　とってもだいすきだよっ！」

「えへへっ、うれしい～！　悠乃とママ両想い！」

　うぅ……小さな身体でギュッと抱きついてくるのが可愛すぎて……！

「あ、そうだ。せっかくお外に出たから、お買い物して帰ろっか？」

「うんっ。ママとお買い物するの楽しいからすき～！」

　夕食の食材がなかったので、ショッピングモールで買い物してから帰ることに。

　家に帰ってから夕食の準備をしたり、いろいろ家事をしていたらあっという間に夕方に。

　さっき悠くんからメッセージが届いて、やっぱり今日は残業みたい。

　悠乃とふたりで少し早めにお風呂に入ったあと、夕食をすませて。

　悠乃は悠くんがなかなか帰ってこないから、ちょっと寂しそう。

　そして、そろそろ悠乃が寝る時間。

「パパ帰ってこないの……？」

「お仕事が大変なんだって。朝起きたらパパに今日あったことたくさんお話ししようね？」

「うん……」

　眠いのか、うとうとしちゃってる。

幼稚園のお友達が自分の部屋でひとりで寝てるっていうのを聞いて、悠乃も真似っこし始めて最近は自分の部屋でひとりで寝てる。

でも、寝付くまではやっぱり寂しいのか、わたしか悠くんが手をつないでないと眠れないみたい。

寝顔も天使みたいで可愛いなぁ。

ほっぺに軽く触れるとふにふにしてて、ずっとこの寝顔を見ていたいと思うほど。

悠乃が寝てから1時間くらいして、悠くんが帰ってきた。

「はぁ……やっと瑠璃乃の顔見れた」

「おかえりなさいっ。今日もお仕事お疲れさまです」

最近大きなプロジェクトのメンバーに選ばれて業務が増えてるみたいで、残業が多いからお疲れ気味。

それに加えて休日出勤も重なってるから、忙しすぎて無理をしてないか心配。

「悠乃はもう寝ちゃった？」

「頑張って起きてたんですけど、さっき寝ちゃいました」

「そっか。じゃあ、悠乃の元気な顔が見られるのは明日の朝かぁ」

ちょっと残念そうな悠くんは、悠乃の寝顔を見てからリビングへ。

「悠乃の可愛い寝顔見たら疲れなんて吹っ飛んじゃうね」

「ほんとに可愛いですよね。いつも癒されちゃいます」

時計の針は夜の10時を回っていた。

「えっと、ごはんはちゃんと食べられましたか？」

「コンビニで買って軽く食べただけ」

「じゃあ、何か作ります！　それだけじゃ身体に悪いです」

　そばを離れようとしたら、パッと手をつかまれて。

「いつもは悠乃が瑠璃乃に甘えてるから……今は俺のこと甘やかして？」

「お仕事で疲れてるんじゃないんですか……っ？　それにごはんもお風呂も……」

「そんなのぜんぶいいから。今は瑠璃乃のこと愛させて」

　何年経っても悠くんが甘えてくるのは変わらない。

　それに悠くんにおねだりされると、ダメって言えない。

「瑠璃乃でたっぷり満たして」

「っ……」

　それから悠くんが満足するまで少しの間とびきり甘い時間が続いて——。

　ようやくふたりでベッドに入った。

　今も変わらず、悠くんはぜったいわたしと一緒にベッドに入って、必ず抱きしめてくれる。

「ほんとはもっと早く帰りたいけど、なかなかうまくいかないよねー」

「今日も1日ほんとにお疲れさまです」

　悠くんの大きな身体を抱きしめると、もっと強い力で抱きしめ返してくれる。

「前まで瑠璃乃と俺の間に悠乃が寝たのに、今はひとりで寝るようになっちゃったかぁ」

「少し大人になったんですね」

「ほんの少し前までは、パパと一緒じゃないと寝れないっ
て言ってたのにねー」

「悠くんのほうが寂しそうですね」

「こうやって悠乃がどんどん成長していくのはうれしいけ
ど、寂しさもあるよね」

「今はひとりでなんでもやりたがるお年頃なんですかね」

「悠乃が大きくなったら、瑠璃乃みたいに可愛い子になる
だろうなぁ。あっ、今もとびきり可愛いけどさ」

　悠乃が高校生くらいになったらどんな子になるのかな。

　今から成長がとても楽しみ。

「彼氏なんか連れてきたら俺ショックで倒れちゃうかも」

「そういえば、この前幼稚園で男の子と手をつないでいた
ような」

「は？　え、それ瑠璃乃の見間違いじゃなくて？」

「最近お迎えに行くと、仲良しな男の子と園庭で遊んでる
んです」

　幼稚園の先生いわく、悠乃はとっても明るくて優しいか
らすごくモテるんですよって。

　この年にして、すでにモテてるなんて悠くんの遺伝子を
受け継いでるとしか。

　それに悠乃は悠くんに似て、瞳が大きくてクリクリして
いてとても可愛いから。

「悠乃に聞いてみたら好きな子がいるみたいで。しかも最
近は同じクラスの男の子に告白されたらしいです」

「え、何それ。俺全然知らないんだけど」

　悠くんが珍しくものすごく焦ってる様子。
「パパには内緒って言ってましたよ」
「いやいや、まだ彼氏とか早いでしょ。ってか、俺には内緒とか悲しすぎない？」
「ふふっ、きっと悠くんに話すのは恥ずかしいんじゃないですか？」
　悠くんは自分だけ知らなかったのが相当ショックだったのか、すごく落ち込んでる様子。
　普段何が起きても冷静な悠くんが、娘のことになるとこんなわかりやすく態度に出ちゃうんだなぁ。
　すると、寝室の扉がゆっくりガチャッと開いた音がして。
「ママ〜……？」
「悠乃どうしたの？」
　眠そうに目をこすりながら、悠乃がわたしたちのベッドのほうへ。
　そのままわたしにギュッと抱きついてきた。
　寂しくてこっちの部屋に来たのかな？
　悠乃が落ち着くように、背中を優しくポンポンしてあげると。
　その様子を見ていた悠くんが、悠乃のほっぺを軽くツンツンしながら。
「ゆーの。パパが抱っこしてあげよっか？」
「ん……ママがいい……」
　プイッと悠くんから顔をそらして、さらにわたしにギュッとしてる。

「あぁ、そっか。瑠璃乃がいいのか……そっか……」

　あらら。悠くんわかりやすくショックを受けてる。

　そのまま悠乃が寝たので、今日は3人でひとつのベッドで眠ることに。

「やっぱりまだひとりで寝るのは寂しいんですね」

　安心したのか、わたしの腕の中でスヤスヤ寝てる悠乃。

「なんだかんだ悠乃は瑠璃乃がいちばんなんだろうなぁ」

「でも、今日帰りの車で悠乃が言ってましたよ？　パパもママもだいすきって」

「あぁ、それ俺も聞きたかった。録音とかないの？」

「ふふっ、残念ながらないです。でもまた悠乃が言ってくれますよ」

　悠くんが、わたしと悠乃を包み込むように抱きしめてくれてとっても温かい。

　何気ない毎日が幸せでいっぱいで。

　たくさんの奇跡と巡り合わせのおかげ。

「今こうして悠くんと悠乃と3人で一緒にいられて、わたしは幸せ者ですね」

　悠くんと運命の番として出会わなかったら、今この瞬間も存在することはなくて、悠乃を授かることだってなかったかもしれない。

　そう考えたら、今こうして悠くんと悠乃と幸せな生活が送れているのは、たくさんの奇跡が重なったおかげ。

「俺も瑠璃乃と出会えてよかったと思ってるよ。一生かけて瑠璃乃を大切にしたいのは今も変わらないなぁ」

「なんだかプロポーズみたいですねっ」

「もうだいぶ前にしたのにね」

　高校生の頃に想いを伝えてくれたときも、大学を卒業してプロポーズをしてくれたときも。

　いつだって悠くんの言葉が真っすぐ胸に響くのは変わらない。

「こんなに愛してもらえて幸せです」

「俺も瑠璃乃からたくさんの幸せをもらってるよ」

　今ある幸せを大切にしながら。

　周りにいる人たちがみんな笑顔で過ごせるように。

「これから先もずっと──愛してるよ瑠璃乃」

　ずっと、ずっと……幸せな未来を築いていけますように。

＊番外編End＊

あとがき

いつも応援ありがとうございます、みゅーな**です。

この度は、数ある書籍の中から『ご主人様は、専属メイドとの甘い時間をご所望です。～独占欲強めな御曹司からの、深すぎる愛情が止まりません～』をお手に取ってくださり、ありがとうございます。

皆さまの応援のおかげで、18冊目の出版をさせていただくことができました。本当にありがとうございます……！

ご主人様×メイドシリーズ第3弾です！

今回の3巻は今までと少し違った出会い方で、また双子から想われるという今まで書いたことがない展開でした。

そして今回は番外編として、ふたりが結婚したあとのお話も書くことができてとても満足しています……！

いつもあとがきで何か作品の裏話などあったらいいのに……と思いながら、あんまりなくて（汗）。

ただ、今回は少しだけあるのでお話しできたら……と！

今回のシリーズ全3巻に出てきたヒーローの苗字に、それぞれ使われた宝石の色が隠れてました。

1巻の末紘は苗字が青凪だったので、イメージは青で宝石はサファイヤ。2巻の歩璃は苗字が朱桃だったのでイメージは赤で宝石はルビー。そして今回の3巻の悠は苗字

が碧咲でイメージは緑で宝石はエメラルド。

　……みたいな感じで決めた結果、それぞれの色に合わせてイラストやデザインを進めていただきました……！

　どの作品もとても楽しく書くことができて、今回のシリーズもあっという間でした！

　最後になりましたが、この作品に携わってくださった皆さま、本当にありがとうございました。

　３巻もとても可愛いイラストを描いてくださったイラストレーターのOff様。

　わたしが５年前にはじめて書籍化させていただいたときもOff様にイラストを担当していただいて、今もこうしてずっと担当していただけて本当にうれしいです……！

　いつも可愛いイラストを描いてくださって本当にありがとうございます……！

　そして応援してくださった読者の皆さま。

　ご主人様×メイドシリーズ最終巻までお付き合いいただきありがとうございました！

　またどこか別の作品でお会いできることを願って。

2022年９月25日　みゅーな＊＊

作・みゅーな＊＊

中部地方在住。4月生まれのおひつじ座。ひとりの時間をこよなく愛するマイペースな自由人。好きなことはとことん頑張る、興味のないことはとことん頑張らないタイプ。無気力男子と甘い溺愛の話が大好き。近刊は『ご主人様は、専属メイドとの甘い時間をご所望です。～わがままなイケメン御曹司は、私を24時間独占したがります～』など。

絵・Off （オフ）

9月12日生まれ。乙女座。O型。大阪府出身のイラストレーター。柔らかくも切ない人物画タッチが特徴で、主に恋愛のイラスト、漫画を描いている。書籍カバー、CDジャケット、PR漫画などで活躍中。趣味はソーシャルゲーム。

ファンレターのあて先

♥

〒104-0031

東京都中央区京橋1-3-1

八重洲口大栄ビル7F

スターツ出版（株）書籍編集部 気付

みゅーな＊＊先生

KEITAI
SHOUSETSU
BUNKO
野いちご SINCE 2009

ご主人様は、専属メイドとの甘い時間をご所望です。
～独占欲強めな御曹司からの、深すぎる愛情が止まりません～

2022年9月25日　初版第1刷発行

著　者　みゅーな**
　　　　©Myuuna 2022

発行人　菊地修一

デザイン　カバー　粟村佳苗（ナルティス）
　　　　　フォーマット　黒門ビリー＆フラミンゴスタジオ

ＤＴＰ　久保田祐子

編　集　黒田麻希　本間理央

発行所　スターツ出版株式会社
　　　　〒104-0031　東京都中央区京橋1-3-1　八重洲口大栄ビル7F
　　　　出版マーケティンググループ　TEL03-6202-0386
　　　　（ご注文等に関するお問い合わせ）
　　　　https://starts-pub.jp/

印刷所　共同印刷株式会社
Printed in Japan

ISBN　978-4-8137-1323-4　C0193

ケータイ小説文庫　2022年10月発売

NOW
PRINTING

『魔王子さま、ご執心！④（仮）』＊あいら＊・著

実は女神の生まれ変わりだった、心優しい美少女・鈴蘭。婚約者の次期魔王候補の夜明は、あらゆる危機から全力で鈴蘭を守り愛し抜くと誓ったが…。元婚約者のルイスによって鈴蘭が妖術にかけられてしまい…!?　大人気作家＊あいら＊の新シリーズ、寵愛ラブストーリーがついに完結！

ISBN978-4-8137-1338-8
予価：660円（本体600円＋税10%）　　　ピンクレーベル

NOW
PRINTING

『離してよ、牙城くん。(仮)』朱珠＊・著

高校生の百々は、暴走族の総長である牙城になぜか超絶気に入られる。何をするにも百々にべったりや守ってくれる牙城に、百々も次第に惹かれていくけれど…。牙城のとある過去を知ってしまい…!?「百々だけは死んでも守りたい」百々とクール男子・牙城との恋に胸キュンが止まらない♡

ISBN978-4-8137-1337-1
予価：660円（本体600円＋税10%）　　　ピンクレーベル